山

❶ 遮天蔽日的森林裡，枯枝落葉為動植物提供養分；樹冠截留水分，調節土壤；樹葉篩揀陽光，為苔蘚、地衣、蕨類提供庇護，自成一個生態體系。

❷ 山中茂密青蔥的森林裡，妝點上幾朵繽紛色彩，總是為濃密綠意添增一抹驚喜。

❸ 隨風翻騰的芒草綻開一如白雪，為遠處高山的秋高氣爽點綴得詩情畫意，似乎在告訴我們：只可遠觀、不可褻玩焉。

❹ 高聳挺拔的樹林總伴隨著濛濛雲霧，始終見證著山的美麗與危險。

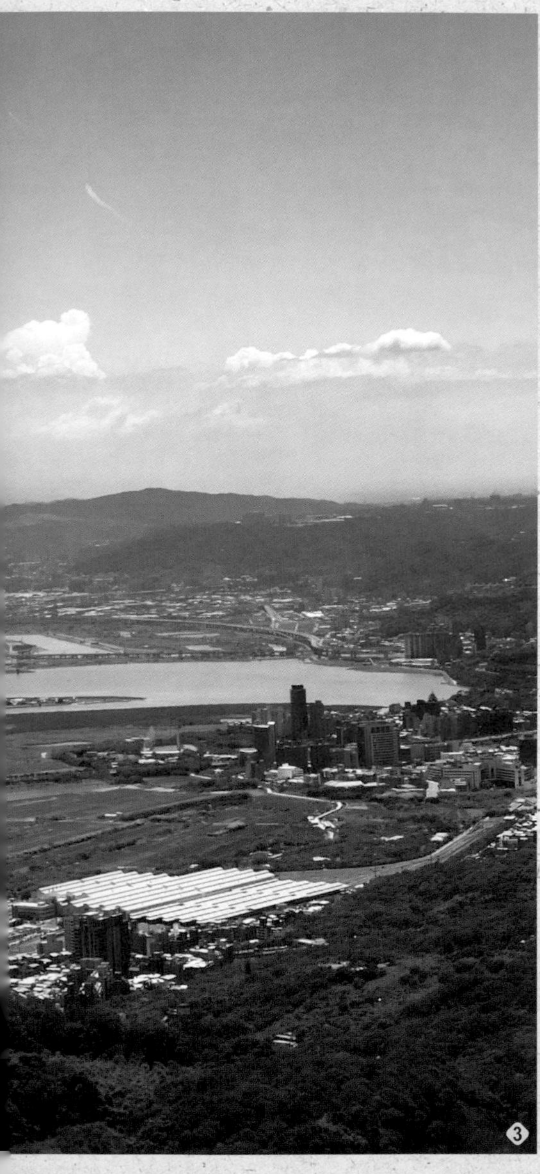

川

❶ 飲水、灌溉皆需要河水，日復一日地汙染河川、破壞生態，人類已在自食惡果的路途中。

❷ 河岸風光明媚，河中遊船嬉戲，如此景致能否持續下去呢？

❸ 河川是大地之母的臍帶，世界重要的古文明皆依傍河川而生，河川維繫著人類文明的經濟脈動，而自認為萬物之靈的我們，該如何與她和諧互動呢？

原

❶ 陽光下，蝴蝶停留在嫩綠的葉面上，牠在想什麼呢？

❷ 蜜蜂鎮日汲汲營營張羅吃的，蜂巢沒牠可不行哪！

❸ 蜘蛛好整以暇地等待過客自投羅網。

❹ 螃蟹在溼地中慵懶地晒著太陽。

❺ 菇蕈與樹木形成互利共生體，瞧！還能為黑褐色的樹幹著上奪目鮮豔的黃色呢！

❻ 在大地之母的照拂下，農作物成為平原上最顯眼的焦點，魚蟹蟲鳥與人類跟著沾光，形成繽紛多彩的世界。

❼ 豐饒的泥土孵孕出一顆顆甜美的瓜果。

7

岸

❶ 海撲向岸，岸安撫海，潮起又潮落，波瀾終歸於平淡。

❷ 乾溼遞嬗的地帶，誰知道潮水譜出多少生命樂章？

❸ 海岸與河口交會的一隅，點綴著天真孩童嬉戲玩耍的姿態。

❹ 水筆仔是臺灣現存紅樹林植物中唯一能夠生長在北臺灣的植物。河海交界、潮汐往返的高鹽溼地，環境惡劣，水筆仔為了生存，演化成罕見的胎生現象。其枯枝落葉經分解後，吸引眾多生物棲息，枝椏亦為多數鳥類的棲所，自成繁複的生命體系，為海岸的捍衛者。

❺ 海濱、河口、潮間泥濘的叢林地，萬物蟄伏，看似靜默，實則上演著生殖繁衍的熱鬧戲碼。

❻ 浪花終日不斷安撫，岩石的尖利稜角竟磨圓了，這不是以柔克剛的最佳演示嗎？

❼ 試圖覆蓋印著妳的足跡的雪白細沙，誰知思念欲掩更深。

7

❶

海

❶ 禁不住聲聲柔情呼喚，他斂起暴裂脾氣，捲起千堆雪，化為千萬隻手擁抱妳。

❷ 最深的祕密沉入海中，海風輕送，天空湛藍依舊。

❷

自　然　生　態　散　文　集

地球的心跳

廖鴻基◎主編

編者序／山高海深

一九八七年解嚴後，臺灣社會大幅鬆綁，文學觸及的領域日趨多元。其中，以環境生態為主題寫成的文學作品，稱為「現代自然寫作」，或「生態文學」。

傳統文學作品通常以人為主體，以自然環境為場景或背景；生態文學則以關懷環境生態為主要訴求，人類只是整體大自然中的一份子，必須尊重環境、珍惜生態，並從自然觀察中體會人類生活、生命哲理。

工業革命後，人類對於生活便利以及物質的需求快速攀升，然而自然資源先天有限，環境面對的是愈來愈嚴重的過度開發和快速變遷。生態失衡、環境汙染破壞、自然資源枯竭、天候異常……，這些，將是現代人無可迴避的問題，也是生態文學觸及的課題。

文學著根於土地，文學養分往往源自於某一特殊的環境與生態。當環境敗壞，文化勢必跟著變質，文學賴以著根的養分於是不再豐美。失去文化為基礎，人們將不再懂得有情有義地對待生養我們的生活環境，除此以外，更嚴重的將會是環境、文化、藝文以及人們生活品質一起向下沉淪的惡性循環。

生態文學，或許是現代社會認知自己環境（環境自覺）的一座感性橋梁，讓我們有機會進一步看見臺灣這座海島特殊的環境及生態，並從中學習尊重土地、善待萬物的生活態度。

海陸板塊推擠造成臺灣高山隆起，東部海域海溝深陷形成深邃海盆，「山高海深」為臺灣環境最大特色，島內三千公尺以上高山有兩百六十座，花東海盆深達五千多公尺，堪稱「高山大海」；北回歸線攔腰橫貫，除了熱帶、副熱帶氣候外，還包含了高山地帶呈現的特殊溫帶氣候；海島位置又恰好處於大陸冷氣團與太平洋溼熱氣團交界線上，水氣充沛，森林得以蒼鬱茂密，如此高度落差以及海陸邊緣環境特色，有利於生態多樣變化，蕞爾小島，儘管自然資源量豐度不足，但環境與生態的多種多樣，為臺灣環境及生態的最大特色。

高山到大海，以地理空間區隔，概略可分為：山脈、河川、平地、海岸、海洋等五大空間，每個空間都包容包含了無數生態資產，每個空間也都有人從事各種產業活動，若能善用此環境生態特色為文學養分，將是臺灣文學的獨特風格。

本書以這五個空間屬性來編選，除了呈現空間特色外，每篇作品大致上還兼有環境關懷意識以及環境生態知識。

比起傳統書寫，生態文學算是臺灣文學中的新興領域，傳統書寫以空間來說大致屬於平地上人口密集區域，這方面的書寫，無論質與量，已累積豐碩成果，或說擁擠、競爭，而生態文學著墨的領域，擴及於城市、人世以外，仍有廣大發展空間。臺灣海島，高度落差所區隔出的空間資源，裡頭形形色色繽紛多彩，一草一木蟲魚鳥獸，都可能是生態文學的題材。

當然，生態書寫難在無法關起門來單以想像來書寫，生態文學的作者多少都得親臨現場。無論走向山林或航向大海，即使城市裡生活，生態寫作者所關注的將會是庭院、公園、河邊，甚或牆角或屋簷下，作者必須要有一定程度的觀察、傾聽，從而體會及感受。

這本《地球的心跳》為青少年讀本，篇幅不宜過長，因而編選時有所摘錄，無法將作品原貌完整呈現，除了對作者致歉，也鼓勵讀者進一步閱讀選文原作。本書編選目的在於鼓勵喜歡文學的青少年朋友，或可透過我們的腳，我們的心，從高山到大海，以不同視角更進一步閱讀及關懷生養我們的這座海島，也盼望更多海島居民，透過生態文學，愛惜及維護海島高山大海極其珍貴的環境及生態。

7　山高海深

目錄

編者序

山・虔仰

億萬年蜷縮在地底中心的神獸蘇醒，耐不住渾身灼熱擠壓，身軀不斷掙扎伸展，破殼而出成一處處隆起的山巔，各自俊秀壯麗。薄雲繾綣，掩住她的瞬息萬變，那是萬物仰望的神祕。

川・恩典

自天際垂落三千丈的長髮，扒疏成一條條沄沄蜿蜒的水，潺潺溪澗、涓涓圳渠、濤濤江河，沿途走訪森林曠野、稻田農園、城市工廠，千絲萬縷的牽繫，是上蒼無私的給予，是水之湄生靈的生存依憑。

原・豢養

多大的創痛在她身上肆虐又止息了，大地之母遒勁的生命力，默默成長了花草樹木，悄悄茁壯了蟲魚鳥獸。芽萌蔥翠爭妍鬥豔，是大地的真心；竹雨松濤鳥鳴蟲嘶，是大地的魂魄。

岸・交會

彼時，蹤身一躍投入未知的玄虛；此時，被命運之手送回海與陸的分界處，再見已是隔世。潮蟹水鳥、魚塭蚵架，生命的面貌總是令人意外，在水中、在風中，邊疆傳奇一次又一次往遠方傳送。

海・寓言

瀲灩的海上，人魚翻飛騰躍，謳歌用千萬年釀成的美意。不料，一種叫作「貪念」的毒素滲入，不過須臾，揉成海洋墳場，人魚停止歌唱。海神的復仇掀濤大浪滾捲而至，咆哮著：哪能容你玷汙我的場域！

山・虔仰

億萬年蜷縮在地底中心的神獸蘇醒，耐不住渾身灼熱擠壓，身軀不斷掙扎伸展，破殼而出成一處處隆起的山巔，各自俊秀壯麗。薄雲繾綣，掩住她的瞬息萬變，那是萬物仰望的神祕。

山

勾勒玉山

心岱

自然界孕育萬物。偉峻的山峰千古以來啟發人類智慧與鬥志之源。她猶似卷看不厭、視不透的書冊，深邃動人！那萬千的魅力，呼喚人類投入她的懷抱，接受她的擁抱與洗禮。

長久以來，歷史證明，人類的智慧與文明的演進，從未離開過自然，文人雅士更將回歸自然視為最高之境界。可嘆的是，近代人欲要回歸自然接受山川靈秀的洗禮，即是一件非常奢侈的事。臺灣開發不到四百年，山林綠野早已開發殆盡，加上近八十年來的大肆砍伐林木，以供平地居民的建設，今天寶島的自然環境，在海拔二十五公尺以下，已無任何「自然」可言！人們想要真正接近自然，只有向更高的山巔，或更深的山脈源處探尋。

今天海拔三千公尺以上的大山，是我們僅存的自然；更是我們僅存不變、永恆及萬物聚生之寶地。

玉山國家公園位居臺灣中央高山地帶，是臺灣的第二座國家公園，全區以玉山主峰為中心，幅員廣大，地跨南投縣、嘉義縣、高雄縣、臺東縣、花蓮縣。東起玉里山，西至楠溪林道，南抵關山，北達郡大山，狀似開天闢地東北向之巨斧，寬約四十三公里，縱有三十九公里。區域內包括玉山山塊及由馬博拉斯山、秀姑巒山、尖山、雲峰、三叉山等中央山脈山群所構成之「南二段」，總面積共計一〇五、四九〇公頃。其間高峰遍布，包含了臺灣百分之三十的山岳，此區放眼盡是罕見的天成岩塊自然景觀，有氣勢磅礴、雄偉壯麗者；有奇峰俊秀、自成風格者，美不勝收。

玉山主峰海拔三、九五〇公尺，鄰近的崇山峻嶺在海拔三、〇〇〇公尺以上的著名山岳，至少在三十座以上，包括玉山群峰、秀姑巒山、馬博拉斯山、新康山、關山等。境內中央山脈、玉山山塊與關山山塊鼎足而立，地勢由東南及西南向西北挺升，落差達三、六〇〇公尺，好似巍峨屋脊聳立雲霄。該區的天然植被隨海拔之升高而次第變化，由濃綠蔽蔭的闊葉林，轉為細密參天的針葉林，忽而眨眼換成碧綠廣垠的高山草原，含蘊了寒、溫、暖、熱四帶特色的植物生態體系；野生動物優游其間，區內並發現多處臺灣早期原住民的遺址，更有清朝光緒元年（西元一八七五年）

所開拓之八通關古道橫貫其中。我們可由前人披荊斬棘走出來的路，沿線點點滴滴地走入最原始最自然的玉山國家公園，登上臺灣的屋脊，在這十餘萬公頃的自然殿堂中去體悟自然的神奇，與山的豐富。

這一趟為期三天的行程，我們一行八人，加上嚮導助理員，就在初秋的清晨，由水里經郡大林道出發，中午先抵達八通關，留下背包與炊事人員，大家輕裝繞過觀高登上金門峒大斷崖的頂端，這一塊斷層削壁自遠古以來，就不停地在崩塌，踏在隨時會滑落的斜坡上，彷彿可以感覺出時間的流動，一種莫名的驚悸感催迫著人。然而登高放眼，觀高一帶的草原和八通關遍野焚林的遺跡，毫無遮攔地攬入心坎。陡峭大斷崖所顯現嚴酷的偉峻，融合了壯麗的草原林野，那自然力量的奇、美，很快紓解了胸口的緊張，渺小的人在謙卑中逐漸忘我。

午飯後，大家匆匆起程，沿古道前往巴奈伊克去。在抵達之前，出現一條三公里長的步道，蔽天的二葉松層層疊疊夾道林立，飄落的松針鋪在地面達兩三寸厚，踏上去柔軟如毯，這裡像一處被世界遺忘的角落，空氣合著松香，連風的聲息都滲透了極甘美的味道，大夥兒的腳步情不自禁地緩慢下來，但我們不能停留，前面有遙遠的路在等待，何況，大自然的包容力是無限的，只要人類不去占有、破壞，它有無比的耐心，永遠呈現美好供人們來享受。

走出松林步道，潺潺水聲自遠而近，我們分成兩隊，逐一勘查獵人可能布設陷阱之地，果然在走道的邊坡，尋獲埋藏的鐵夾帽子。在狩獵法中，捕獸器的生產、出售是罪魁之一，應該嚴格禁止，野獸交易站也要立法取締，那些貪圖利益的販賣者若能受到限制，供應來源的獵戶自然不致趕盡殺絕。

天黑前，我們趕到中央金礦，這一夜要歇宿山屋。過去這裡，地勢平坦，視野開闊，現在茅草和箭竹長得奇高。局促在凹地的山屋，顯得有種壓迫感，但天候不佳，也許會下雨，大家爭論一番，決定了在屋外紮營。友人從背包取出香和保特瓶裝的酒，我們都很詫異，原來在不久前一組登南二段的登山隊隊長，就困死在這座山屋裡，這位朋友表示他過去和林務局、公路局的人員上山，都不忘為山難者做祭拜之禮。

自從登山行動形成一股風潮以來，多少狂熱之士死於山難，這些犧牲者大多源自出發前對地形、氣候的資料未能充分掌握，忽略行程路線的規畫，裝備及求生知識也欠缺。太過自信，又難免藐視了自然力量中所隱藏的猙獰險惡，然而，這些用性命去換取代價的挫折，並未減少登山人口的成長。山，恆常是不被征服，人來爬山，為的是征服自己的那份考驗，冒險精神可資鼓勵，但不能不記取前人的教訓，高山嚮導制度的建立、登山教育的普及，都需要更努力的加強。

——節錄自《玉山悠然行》（紅樹林，2003）

山水踱步

一千公尺高度落差所影響的生態變化，足以造就另一片截然不同的世界。臺灣三千公尺以上高山多達兩百六十座，是高山密度極高的一座海島。包括山區活動、山區生態觀察、以及人與山各種關係形成的高山文化，這方面的書寫，或可稱高山書寫，或臺灣高山生態文學。

本篇選文書寫位置正是有臺灣屋脊之稱、也是海島最高峰的玉山山塊。作者認為，「偉峻的山峰是千古以來啟發人類智慧與鬥志之源」，然而，因為過度開發，臺灣僅存三千公尺以上大山仍保留原始面貌。除了地理環境介紹，作者行走在登山小徑，帶領讀者的眼，從闊葉林而針葉林而高山矮箭竹林，林相一路攀升變化。「蔽天的二葉松層層疊疊夾道林立，飄落的松針鋪在地面達兩、三寸厚，踏上去柔軟如毯，這裡像一處被世界遺忘的角落」，簡單幾句便勾勒出臺灣令人嚮往的高山風貌。

作者也在文中提到高山非法狩獵、登山活動教育，以及制度建立等等問題。現代人的活動能力將迅速攀升至高山地區，更多的高山生態書寫，或能讓我們學習以敬仰山、尊重山的態度來到山區。

山與父親

亞榮隆・撒可努

牢勞蘭（部落名，太陽升起第一道光芒照射的地方）部落最後的獵人，擁有一雙祖先留下的雙手；一對能走很遠的雙腳，以及與山共同生存的智慧。小時候最喜歡看他帶著番刀的樣子。希望有一天能與他——我的父親一樣英勇。

祖父曾對我說：「你父親生錯了時代，假使你父親生在以前的那個時代，必然是一個很了不起的獵人，會受到族人的尊敬。」然而環境的改變及異文化的入侵，使得傳統社會瓦解，部落制度不再，父親的技藝及能力，不再受到族人肯定。而族人「山的文化」將因傳統社會的瓦解而消失，父親本著獵人的感覺，把山最後的生命，和老祖先對山的經驗、智慧保留下來。

父親常感嘆說：「這裡才叫有生命！每天看到山，看到動物，生命才有力量，山地人還是山地人。跟山做朋友是一輩子也不能更改的事，當獵人是為了更了解山和大自然的生命。時代變了，沒有人想再做真正的山地人（在這裡是指原住民社群裡還靠山生活的人）和獵人；有一天我老了，追不到山豬、番刀又磨不利，部落裡有誰還想做真正的山地人？現在森林面積愈來愈小了，動物都不知道到哪裡去了，獵場被林務局收走，現在不能再打獵了。」

到處存在的規範，限制了父親山地人的本能。原住民是靠山吃山的民族，從過去到現在，老祖先告訴我們，對自然的尊敬就是生存、延續族群生命的法則，必須以人性去對待，就如好朋友、親人之間的那種關係。

父親說：「我們山地人，從失去自己山林的那一刻開始，所有的一切也隨之改變。過去我們打獵是照著部落一年四季的作息，而不是天天打獵。」

祖父也這樣說過：「如果每天都上山打獵，公的動物和母的動物不是就沒有時間談情做愛生小孩了嗎？撒可努你看，從過去到現在有原住民的地方，都是綠油油的；平地人的地方都沒有樹。山地人不用種樹，樹自己會長在我們旁邊；平地人為了各種原因而要種樹，他們的樹沒有生命；我們的樹很有生命和力量，會長得很高、很大。」祖父、父親的一番話，讓我深深地感到原住民和大自然生命一體相息的關係。

小時候父親常帶我一起上山打獵，一山過一山，雙腳就是這樣子練壯的。那時候對山的一切總是有很多的「為什麼？」、「是這樣子嗎？」的疑問，等到父親不耐煩的時候，他就會丟一句：「你不用講話，安靜下來仔細聽，會聽到有人跟你說話和唱歌以及他們呼吸的聲音。」慢慢地，我才了解父親話裡的意思。

有時候我常一個人對著石頭和大樹說話、唱歌，玩得很高興，在那裡絕對不會感到孤獨，因為我了解在我的內心裡，真的會有很多的朋友跟我玩在一起，唱歌、跳舞和快樂追逐。有時候我們走累了，父親會停下來抽菸，要我休息。休息的時候一定會跟我說大自然的故事，有一段話仍令我至今難忘，父親說：「山跟人一樣，也要休息、睡覺，累的時候還會打瞌睡。我們不能吵他、打擾他，人生病的時候，大自然的一切會幫他復原。」

的確，唯有真正以山為家的山地人，才能深深體會這句話的意義，這是父親一輩子對山的智慧與經驗，是很美的一句話。山和原住民沒有距離，就像父子一樣。

環境的改變，讓原住民離開了世居的森林和獵場。我們過去的生活方式從未有人問過、干預，說這個不對、那個不行；過去不管哪一個統治者的到來，都無法強制地禁止我們使用屬於我們的東西。

父親對山的堅時，真的讓我感動，大自然的事事物物都是他的朋友。突然，我感覺到用生活寫文化的父親是真實、自然且與山最接近的。他用他的番刀撰寫自己的生命史，用他的雙腳踩過祖先的足跡，依循山的自然法則，使用雙手延續了老祖先的工藝。

最後我還是喜歡父親說「山」的故事和腰繫番刀傳統的樣子。作為他的大兒子的我，一直覺得如果不替父親寫一寫關於山的和他的故事，對他會有一點可惜，又有一點內疚，因為我從他身上聽到、看到、學習到很多傳統的東西，若不記錄下來，對「牢勞蘭」會是件遺憾的事。

——節錄自《台灣原住民族漢語文學選集：散文選（下）》（印刻，2003）

原住民族與大自然的關係，或說與山、與海的關係，一向密切。靠山吃山，靠海吃海，在特定環境下生活，明白了環境是舞臺，明白了與舞臺上的萬物同生共榮的道理，因而生成與這環境相關的特殊生活習慣，這就是一般所說的「文化」。而這特有文化即是文學最佳養分。

〈山與父親〉，從篇名就能清楚知道，高山仰止，作者以父親為榮，並以高山原住民文化顯著代表——獵人為榮。作者的父親告訴他：「這裡才叫有生命，每天看到山，看到動物，生命才有力量。」這是原住民傳統獵人與山一體相息的關係。作者文章中也寫道：「老祖先告訴我們，對自然的尊敬就是生存、延續族群生命的法則，必須以人性去對待，就如好朋友、親人之間的那種關係。」這兩句話裡頭蘊含的哲理，其實就是生態意識的精義。

生態文學是聆聽大自然在講什麼，而不是以知識來介紹大自然而已。如作者的父親，傳統原住民獵人，以實在的生活接近山並尊重山，除了延續「山」的生態，也延續了「山」生活文化的傳承。

三月合歡雪

陳列

即使到了四月，雪季仍會逗留在臺灣的某些高山上，這，我是知道的。但是今年三月初，我取道大禹嶺去合歡山，過了海拔約兩千八百公尺以後，目睹滿山遍野豐滿的雪在太陽下閃爍生輝，猶不免感到十分詫異。

通往霧社的越嶺路因積雪過深而斷了交通。沿途中，前前後後，大概有將近二十部車子埋陷在深雪裡，包括兩輛計程車和一部大巴士。雪還在車頂上慢慢融。有一班在演練作戰的士兵裹著厚重的衣服，戴著遮陽的墨鏡和包住整個頭的毛線罩，散躺在路邊危崖下的雪地上。

所有的山巒谷地因厚雪的堆積而柔和起伏著，透亮的一片白茫茫，其間只時而出現一些靜靜佇立的蒼鬱冷杉林，以及偶爾嶙峋凸露出的一角黑褐色的破裂板岩。豔陽兀自熱烈照耀，絲毫無雲的藍天，極熱和極冷奇妙地結合成一種很清朗的氣勢，與顯得極其純粹的色塊、線條、形狀一起發著光，一起陪伴我孤獨的踱步，和著冷冽的氣息與味道，一一沁入我的心底。

我有時穿過山壁間忽冷了起來的陰影，有時走在坦然耀眼的雪坡上方。南湖大山和中央尖山在左，凸出於很遠的天邊群山外，全面積雪的合歡主峰在右，隔著也積了雪的合歡溪上游，巍巍然的奇萊北峰則在不遠的前方一直引領著我。腳下窸窸窣窣的聲音迴盪在整個絕對無聲的寒山間；

心緒似乎時近時遠，在一種極其清澄的喜悅裡晃漾。

三隻金翼白眉在路旁的四棵冷杉間跳躍。我有時停下腳步，揉一個小雪球，讓它急急滾下很深很深的也積了雪的山谷。

合歡東峰北坡下松雪樓的屋頂，雪約二尺厚，門戶甚至於也被擋住了一小截。我將背包安頓好之後，又回去雪地散步。

下午四時多，陽光從合歡主峰銀白的斜稜上方射下來。但熱力正迅速減低。大山的影子在雪地和一些山林間緩慢移動。一陣可能是被夕陽催起的霧，在很遠很深的谷地浮移，輕輕飄過一處密林的上方，飄過寒訓部隊覆滿了雪的營舍和操場，捲起散漫的白煙。從望遠鏡裡，可以見到幾個走動的士兵的小黑點在雪霧中忽隱忽現。

雪幾乎掩埋了一切，但也使這個高山世界變得異樣的單純和安靜。我時而停下腳步，如冷杉般定定地站立，希望去把握或認知這充塞於天地間的單純和安靜的奧義。

四隻岩鷚不知何時，竟然出現在我身後只露出車頂行李架的一部箱形車上。牠們時而嚶嚶吟叫，時而抬頭悠然四下顧盼，圓胖的身體在微風中張揚著灰中帶有赤褐斑紋的羽翼，好像與我一樣在守候一個雪中寒日索漠卻又輝煌的結束。

我和牠們保持在大約一丈多的距離，互望了十來分鐘。但是當我更為靠近時，牠們就飛走了，隱入附近一處山彎後的暮色裡。

暗影聚合得很快，消失了遠遠近近的許多山和谷。冷氣刺人。我辛苦爬上一處大斜坡，再讓自己滑下來。雪花四濺，屁股也溼了。然後，我滿足地回山莊去。

隔天，我一大早就醒了。室溫攝氏一度。奇萊北峰的身軀凜凜然，正漸明顯地襯映在東方淺灰藍的曙色中。而它的北坡外，未被大山遮住的天際遠處，以橘紅為主色的一長幅朝霞橫披延展，彩紋搖盪，不停息地相互渲染。我站在山莊的後門口，全身顫抖，凝視這高山的日子如何悄悄地從那豐潤顏彩層出不窮的幽微湧動中走出來，張望光影漸漸敷抹過所有的溪壑和數千個繞在我四周的山頭。雪地上的寒光閃閃透亮，從我腳邊開始，一直閃耀至千餘公尺外奇萊峭壁下鬱綠的森林邊。

我再去雪地徘徊時，發現經過一夜的冷凍，雪地表層都硬化了，甚至結成薄冰。足音清脆，在空山間傳得很遠。五、六隻烏鴉在合歡東峰高處一小片密閉的冷杉上方盤旋和起落，不時發出大略三種截然不同的叫聲。

我又爬上山坡去滑了兩次雪。由於雪硬，手腕割了好幾道傷痕，雨褲也破了。

太陽升至奇萊北峰的稜線上。

我回去山莊煮咖啡，時而抬頭看山。

厚厚地積在屋頂上的雪，昨天融化了一些後，有的來不及滴落而被夜裡的冷氣凍結成許多枝尖削的冰柱，高高垂懸在屋簷邊。此時則又開始融化了，先是一滴一滴地落，然後轉為快速連續而下，在陽光的照射裡有如亮麗的銀珠串，淅淅瀝瀝地在窗口的雪上響個不停。後來，有的冰柱整支掉落，碎片甚至撞到我的身上來，驚起在窗外漫步的金翼白眉。

這些臺灣特有的鳥，真是貌如其名啊；雙翼銀藍中泛著金黃，眉毛既白且長。牠們有時一隻、兩隻或是三、五隻，在堆疊至窗口的雪上與窗外不遠處的幾棵冷杉間來回飛躍棲停。牠們毫不畏懼人，經常自在地走到我伸手可及的地方，尾部上下擺動，和我那麼靠近，使我感到莫名的歡喜。然而牠們卻無平常的熱鬧喧譁，而只偶爾低沉鳴叫，叫聲中似乎還透著些微的寒涼和寂寞。

我不清楚牠們是整個冬季都待在這個冰天雪地裡，或是在遷降之後最近才回來的，但牠們卻使我想到，對所有的野地生命而言，寒冬畢竟是相當殘忍的季節。在雪封的大地裡，絕大部分的生命是沉滯靜止的，有的甚或死亡了，如昆蟲；有的則長期睡在重雪下，將身體的功能降到最低，如箭竹、虎杖和高山鼠類，或者如一些鳥類乾脆出走他地。所有的動物和植物，都在大自然的寂靜裡感受著生存的嚴苛。

不過，春天總會來的。春分距此時只有十九天了。這些金翼白眉的低鳴和雪滴的聲音，或者也可能是一種和聲，一種生命的節奏吧。這和聲與節奏在冰雪上回響，和遠近不一的各個高山深谷相呼應，一起呼喚生機的重臨。

今年合歡群峰的春天也許真的來遲了。然而高山上的春天本就不是一下子來的。暖陽和冷風一再地交替著分別照顧和吹拂之後，雪層才會逐漸消融；然後梅雨到來，解凍的水緩慢地點滴滲入岩隙，冷杉和枯灰了的箭竹則開始萌出嫩芽，小草急速發葉和成長；五、六月之後，某些植物趕緊開花，蟲卵也已孵化，而我這兩天當中不曾見到的酒紅朱雀、鷦鷯、深山鷹、栗背林鴝等，則將呼朋引伴回到這青蔥連綿的高山草原上互比歌喉。

昨天，有兩位在這個地區作鳥類調查的研究生，以不敢置信的語氣對我說，他們竟然會在小奇萊黑水塘附近的雪地樹林裡，發現一群以中低海拔為主要棲息地的紅山椒。

或許，這一切都是宇宙大地的祕密吧，是時序的祕密，風雲的祕密，大自然的祕密。

金翼白眉繼續在我的身邊走動，融化的雪更是不斷滴答著，時間的光影在雪地裡行走。一切都是美，都是令人安心、憧憬和快樂的秩序與奧祕。我喝了一口咖啡，抬起頭來，遠遠望見北邊南湖大山和中央尖山積雪的山頭附近，正有一絲薄雲浮走。

——選自《中國時報》（1992.11.28）

山水踱步

作者文字洗練、簡單、乾淨，恰如合歡山上三月雪景呈現的安靜與空靈。本篇選文為作者書寫於合歡山雪地漫步所見、所感，儘管文中描述的時間只有一個傍晚和隔日清晨，然而傍晚守候的是「一個雪中寒日索漠卻又輝煌的結束」，清晨則是「凝視這高山的日子如何悄悄地從那豐潤顏彩層出不窮的幽微湧動中走出來」。高山雪地上的動物、植物，是生態書寫的重要場景，更重要的是作者從現象觀察中獨到的體會與領悟。

作者也提及，雪地美則美矣，但是對野地生命實際上是嚴苛的寒冬考驗，「雪封的大地裡，絕大部分的生命是沉滯靜止的，有的甚或死亡了……有的則長期睡在重雪下，將身體的功能降到最低……或者如一些鳥類乾脆出走他地。」時間在冷冽的寒風中流淌，三月，平地早已開春，而高山的暖春還得殷殷期盼。

接著，作者想像，暖陽、寒風幾陣交替後，山頭雪融，水滴滲入岩隙，植物萌芽、抽長，高山暖季短暫，植物把握時機用力開花，昆蟲乘機趕緊孵化，季節的節奏在雪地裡、在作者腦子裡馳騁……這是高山的祕密，是作者的視野，也是大自然精深的奧祕。

丹錐山下

張英珉

妳到底是丹錐山呢？還是新城山呢？

還是，都不是呢？在我不了解妳的時候，地圖的方位我總是無法正確辨識的時候，站在太魯閣管理處的臺地抬頭看時，我總是好奇這個問題。為此，我陸續問了許多巡山員，他們說妳可能是塔山或新城山。但我看了國家公園導覽折頁裡面的地圖，在圖中，塔山就更遠了，塔山有二、四四八公尺，妳只有一、七四九公尺，如果妳是塔山，那妳前面該會有個小山頭，但是我迎面就看到妳，過了數月的我終於對附近的地理有足夠的認識，才如此判斷妳就是丹錐山。

史前戀人的思緒量詞

在我第一次涉水過立霧溪的時候，我抬頭看見了峽谷左方的丹錐山最尖端，有時候一些角度被前面的山坡阻隔，我們走走停停經過大岩石，學長說，以前這裡是軍營，就在河床上打靶打得石頭上斑痕處處。在渡過冰涼清澈的溪水之後，我總想著，那些在立霧溪畔留下考古遺跡的史前文化住民們，是怎樣地望著那山頭尖端呢？那些大航海時代，遙遠而來的外國淘金客，是否在抬頭注意妳的時候，被覺得侵犯地盤的原住民攻擊而命喪異鄉？那些把太魯閣規畫成「次高太魯閣國立公園」的日本人，也曾和我一樣地抬頭望著山尖而擘畫思考著嗎？而那些望著山尖而開闢道路的老榮民們呢？我查詢資料才知道，當時許多人腰上綁著繩子，另一端綁在大樹上，就這樣垂在懸崖上鑿開破洞埋炸藥，如果繩子在尖石上磨破了就直直掉下深谷，再也沒有被搜尋的機會。我想，那些鏗鏘開鑿的歲月中，他們青壯而離鄉背井的孤獨內心，也曾經這樣子抬頭搜尋著妳的存在嗎？

妳一直存在，好像孩子抬頭就能望見比自己年長的母親一樣。

妳多久前就在那裡了？據說是四、五百萬年，可是那時代距離太遙遠了，沉積物的皺摺被抬升，呂宋島弧和歐亞大陸板塊碰撞，我總想這是戀人的激烈的思緒拉扯，強烈的話語抬升愛意與恨意，爭吵，哭泣，破壞，撕裂，在這痛痛快快的愛之後斷然離開，從此抬頭望就知道曾經的過往，是這樣嗎？我幻想我站在山頭上，站在最高聳的那顆突破海平面中灼熱擠壓竄出的石頭上，輕鬆愜意地忘了登山的探險多疲累，低頭看著峽谷望著臺地，看著流向海的立霧溪，流走的除了河水，還有那不能折返的時光吧。在這裡訴說地質年代，都是用遠超過人類生命的量詞，千年只是基本單位，萬年更是更方便的解說詞。這裡一次颱風一次地震，一顆滾落的石頭，一棵飄落的風倒木，一片踩過的青苔，都是在預備寫接下來的歷史，只是人類活得太短，沒紀錄之前都叫作史前，太多未知存於歷史，只好開始想像。

每次我蒐集著太魯閣這裡的新聞，丹錐山，妳疏遠似地逃離紛亂，好事壞事都與妳無關，遊客不會經過妳沒有公路的身軀，不能速食的一日風景旅程。而我用了網路搜尋妳，妳卻連個圖片都沒有，我抬頭望著妳，妳是存在著的，但是太少人知道妳，連地圖上的名字都不能讓我確定。丹錐，紅色的錐子？是誰命名妳的呢？他是從什麼角度看著妳，可以看到這形象呢？或許他是在山的對面？在山的底下？或是在海的那頭？沒太多人知道妳，我想了想卻很高興，妳只要安穩存在，不用給人知道的，在這些有著豐富生命存在的原始地，引不起人類興趣而得到保護，或許才是最好的做法。

一、七四九公尺，在平地溫度不到十度的時候，丹錐山，或許妳也該會一夜白雪，像是轉身拉上白色的披肩。在這裡，四季變化我看了三季，夏綠秋紅顏色繽紛，但縱使冬季，白雪卻是仍不可預知的。似乎和愛相同，突然降臨，突然蒸發，帶走熱量和眼淚，把一切回歸原狀，便可期待下個春季的到來。

中橫中路在通過牌坊之後，從臺地這方看出去，公路就像是穿過懸崖的腰帶，用力地在丹錐山下方拉出一道明顯的勒痕，我曾從那道勒痕中，跟著研究人員走入山中放籠子做實驗，那時候我就在丹錐山妳那叢林身軀中。叢林溼氣在太陽照射下冒起，異常燠熱，踏入森林十多公尺就能明顯感覺溫差，異常的燠熱難耐，有時穿過掩倒雜草的小臺地便汗如雨下，感受難以言喻。

野外原則：美就是危險

在野外有個簡單的原則，美就是危險，愈多遊客的地方愈需要小心，有了這個心態，到野外時我總是緊張兮兮，順著一條乾溝出口背著大籠子向上爬，沒有路只有亂石成亂階，手腳並用攀爬而上，起初不習慣的時候容易受傷。第一次跟著研究人員進來的時候，我不停緊張向來處望，不知怎麼著腎上腺素分泌過多心跳加速，未知的想像令人恐懼，我總幻想一隻從動物園逃生的老虎埋伏突襲要我帶牠回家，或是絕種的雲豹會在我眼前驚鴻一瞥說自己還存在啊，或是難得一見的白鼻心像是畫好妝的白面小丑遠遠地隱在草叢中。還有還有，穿山甲、石虎、高山黃鼠狼、貓頭鷹等等紛紛在眼前出現，呈現生態多樣奧妙。

但或許是這裡還是太靠近遊客了，放了十幾次的籠子，全都空手而回，甚至籠子被溯溪客當作盜獵陷阱而用石頭重擊而毀。研究中途又遇到颱風，籠子就消失了，可能順著狂放的雨量流入太平洋那深邃難知的海床上。最後的最後，夏季結束，有一次我獨自收籠子換餌，爬入山溝看著自己所做的記號，小心翼翼地靠近籠子，透過林葉看見籠子裡面有隻有毛皮的動物，是白鼻心嗎？因為這裡有很多山棕？或是黃鼠狼？黃喉貂？這裡海拔太低了，不可能。我顫抖地靠近，心情無比緊張，更靠近一看，答案揭曉，大失所望地結束了我的夏天放籠子任務。

那是隻白黑相間的野貓。

我打開籠子，牠飛也似地衝向馬路那邊，帶著我的遺憾，不到幾秒就消失在草堆裡。

這些圖鑑中的美麗的動物呢？我總想，牠們都藏在山中，最好不要被常常看見，不要落入那些簡易卻致命的套索之中，自然而然地在山野中演替，不需要人類操心擔憂。

我走下乾溝，轉身一看背後那高聳的山頭與遠方的群峰，在這裡，丹錐山的存在總讓我想起許多原住民族的聖山，都是領域中抬頭所見的那座最高的山尖。丹錐山，妳雖然不是百岳，也沒有開拓好的步道可以輕鬆而上，但每當在空間片刻，忽然抬頭看向妳，就會提醒我，現在正在這片捲走時光而去的立霧溪旁，學習如何和紛亂的心情對抗，學習在無路燈的中橫中路旁靠著月光行走，學習如何在原始的地方用尊敬的態度，安安靜靜地生活。

——原載於《自由時報》（2009.04.09）

山水踱步

以面積比例，臺灣山地占了其中五分之三，百岳名山以外，其實三千公尺以下的次高山，或更低矮的不知名淺山，四處都是。本篇選文即以作者因工作關係經常看見的一座山頭為文。這座山名不見經傳，因此文章開頭就以「妳是誰？」破題。

臺灣東部是板塊推擠的隆起面，即使沿岸第一、二層淺山，高度也往往落在一千、兩千公尺之間，且坡度陡峭不易攀登，大多數山嶺並不容易親近，只好，作者看著、看著，然後，興起了仰望和想像。是啊，人來人往歷史上多少人經過她、看著她。這是一座孤立孤獨的地標，經過的人，是否都像作者一樣，抬頭搜尋跟想像這座山？想像讓作者登上了這座山的山頭，「低頭看著峽谷望著臺地，看著流向海的立霧溪，流走的除了河水，還有那不能折返的時光吧。」動情之際，作者乘機講到這山的身世，講到這山的名字。千年、萬年一直站在這裡，無從比對，「每當在空閒片刻，忽然抬頭看向妳，就會提醒……學習如何和紛亂的心情對抗……學習如何在原始的地方用尊敬的態度，安安靜靜地生活。」

川・恩典

自天際垂落三千丈的長髮，扒疏成一條條沄沄蜿蜒的水，潺潺溪澗、涓涓圳渠、濤濤江河，沿途走訪森林曠野、稻田農園、城市工廠，千絲萬縷的牽繫，是上蒼無私的給予，是水之湄生靈的生存依憑。

川

清水溝溪

吳晟

1

清水溝溪發源於鹿谷鄉鳳凰山北麓與半天窟山之間，從海拔大約一、二六八公尺的山坡上，穿過中海拔山區，河流長度僅約十四公里，流域區穿過鳳凰、永隆、秀峰、清水、瑞田、初鄉六個村落。是濁水溪河域一條獨立的小支流，在鹿谷、竹山、集集三鄉鎮交會的集鹿大橋前方，匯入濁水溪。

「清水溝仔」，這個名字能算是某溪河所「獨有」嗎？

早年的臺灣，人們生活的周遭，哪裡沒有一條或大或小的清水溪呢？住家旁的小溪，就像親切的鄰家玩伴，可以戲水，任意垂釣，浣洗衣物……，大家都喚它作「清水溪仔」或「清水溝」。原本全臺灣到處都是水源，汨汨而流，稱為「清水溪仔」或「清水溝」的大小溪流，恐怕不下數百條、數千條吧。

全臺灣無數「清水溝」之中，鹿谷鄉南清水溝溪在臺灣河川保育發展史上，曾經有過一番引人注目的成績，我曾在報導資料中讀過它魚蝦豐盈的盛況，因此特地循著路線圖來拜訪。

我們沿著初鄉到清水的產業道路，來到建在清水溝溪下游沿岸的「清水溝魚蝦保育館」，拜訪保育協會人士。清水溝溪是全臺灣第一個由民間人士發起「河川魚蝦保護區」的溪流。魚蝦保育榮生會總幹事陳炳煌先生是當地人，多次帶我們走訪清水溝溪上游及其下游的集集攔河堰，一路上為我們介紹整個溪流的情況，對當地魚蝦生態瞭如指掌，博學熱情，不斷傳揚順應自然律的河川生態觀點。

魚蝦豐饒，本來就是臺灣溪河的常態。清水溝溪流過偏僻農園，沒有工業汙染，水質特別清澈，更適合魚蝦生長。小小溪流迂迴盤旋在緩坡間，溼潤濃密的雜木林地，尤其溪水流過鳳凰瀑布之後，地勢逐漸平緩，在秀峰村、清水村、瑞田村形成無數天然曲流。無論淺流或深潭，只要水流隨地勢迴灣之處，石隙縫、草澤間，都成為魚蝦的棲息地。曾經種類多樣的臺灣原生種，包括鯝魚、鱸鰻、臺灣石鱝、馬口魚、爬岩鰍、溪哥等等，還有溪蝦、鱉、陸龜……，讓整個河域生態更是富庶豐饒。

2

瑞田、清水、秀峰等村落的民俗祭儀中，隔二十四年作一次大醮，六年作一次小醮，每逢作醮之前都要封山禁溪，不准毒魚、電魚、捕魚、或釣魚。大醮之前禁兩年，小醮之前禁一年。這樣的傳統習俗，反映了早年生民對上蒼恩賜魚蝦資源的惜福之情，也藉著宗教信仰的制約，傳達了溪河保育的觀念。

一九七四年十二月作醮之前，已經封溪兩年的清水溝溪，聽說魚蝦滿坑滿谷。引用陳總幹事的敘述：婦女來到河邊洗衣服，兩三斤重的大魚游過來，婦女必須用手把牠撥開，趕牠走，才不至於干擾了洗衣工作。河裡的魚群「擠來擠去」，有時跳躍「上岸」，人們還要把這條「落難」的魚「抱回」水裡。

清水溝溪「小而美」，生態單純，復育比較容易，居民們自發性充當「護溪義工」，夜晚巡溪防堵盜魚事件，村民的熱誠得到農委會的支持，復育成效良好，魚蝦漸漸多起來，可以開放遊客戲水、捉蝦、垂釣、露營、舉辦釣魚比賽了。

清水溝溪在旅遊報導的推薦下名聲漸響，曾經獲得「經濟動員委員會」撥出三千萬元經費，加蓋魚蝦保育館，築河堤、砌水塘，營造作為生態觀光園區，溪河下游堤岸，至今仍留有「清溪永碧、魚蝦常盈」八個大字，早年溪河的景象，的確與這八個字貼切相應。

3

從前小溪的邊坡，芳草萋萋，是魚蝦產卵護幼的棲地，樹根、草根護岸的力量看似柔軟其實堅韌，但是當水泥堤岸把所有的河川邊坡封死之後，魚蝦的生機就被阻絕了。眼前的清水溝溪，為了配合下游集集攔河堰工程的興建，溪畔沿小嶺產業道路以北土地，全部被經建會徵收，河岸築起混凝土高堤，曾經「清溪永碧、魚蝦常盈」的溪流，在成全霸道的水利工程時，就注定生機不復了。

臺灣人歷經大開發、大成長、大利潤的追逐之後，似乎逐漸懂得什麼才是真正的「寶」，漸漸知道唯有健全的河川生態，子孫才有永續的依靠。陳總幹事說：「我現在吃得到的魚，希望我的孫子也吃得到。」這是多麼平凡的心願。但若以今天臺灣河川衰敗的速度來看，心願雖平凡，卻很遙遠。

九二一大地震及桃芝颱風之後，整個河域已經很難見到魚蝦蹤影，想像當年魚蝦常盈的盛景，對照今日的死寂，內心十分黯然。

清水溝溪的自然條件良好，河川魚蝦恢復生機的機會很大，我們滿懷期待，多次訪問沿岸的居民，閒談中體會到，有愈來愈多的民間人士，熱心於溪河的復育工作，河川保育的呼聲，愈來愈響亮，已是共同的願望。但是往往一樁粗糙的水利工程，就會把熱心人士費盡思量護溪的成果全擊垮，河川生態未能改善反而加速枯竭。

頗有自然生態觀的陳總幹事說：「這條溪河的生機無限，如果能停止一切工程，讓大自然的力量為它修復，我相信只要兩三年，流失的魚蝦又會重生，再現『清溪永碧，魚蝦常盈』的『榮生』風貌。」

畢竟，護溪事件能成與否，靠的不只是熱心，更重要的是，我們對生活價值的取捨，是否有明確的堅持？

——節錄自《筆記濁水溪》（聯合文學，2002）

山水踱步

濁水溪為臺灣最長的水系，本篇選文描寫的是濁水溪眾多支流中一條名為「清水溝溪」的小支流。文章一開始作者特別說明，臺灣以「清水」來命名的溪河不知凡幾，過去未受汙染前，臺灣四處可見可以戲水、垂釣、洗衣的清澈溪流。作者以此點出本篇文章的主題——生態豐富的乾淨溪流。

特別選擇這條小溪來書寫，為的是這條溪「在臺灣河川保育發展史上，曾經有過一番引人注目的成績」，二來也是為了見證臺灣河川在天災人禍下的共同厄運。「清」、「濁」之間見「榮」、「枯」，曾經有的，但如今……，字裡行間不難感受作者用心深刻。

這條曾經的「清水」溪可說命運周折，曾經由民間組成協會推行「河川魚蝦保護區」，用心用力維護河川生態，最特別的是，協會結合信仰，經由民俗祭儀「作醮」，進行長達一、兩年的封山禁溪，禁漁禁獵，讓自然生態有了喘息生養的機會。這麼做的用意，主要是珍惜上蒼賜予我們富庶的生態資源。然而，一切人為的努力，不敵一場颱風的折騰，也經不起任何一樁混泥土施作水利工程的僵化摧殘。

高山到大海

廖鴻基

你的情緒不穩，洪水期、涸水期差異懸殊，如尖峰谷底驟起暴落；你擅長迂迴、曲折，流向經常飄忽不定；最難堪的是，你隨時有能力來一場大潰決。

山挺舉夠高後，水氣可用，一邊製造崩塌，一邊涵育森林……這樣的源頭，這樣的緣起，注定了你桀驁不馴的野性。

從那麼高的山頭衝撞下來，想想，那不顧一切放手墜落的心情；聽得仔細的話，山裡頭應該處處都是你們的驚呼和尖叫；單單水勢落差，都足以穿石；何況，你還時常挾帶一顆顆大大小小炮彈似的土石，一起衝奔撞落。

別以為小河彎彎，流水淌淌，以為你只會浪漫扭腰，旖旎蜿蜒；這不過是平常時候表面好看的休養狀態。必要時，你趕群趕伴，從山頭大量地直直衝落山澗野溪，借取天塌下來的氣勢，夥同群泥眾石，聚成一大隊混濁的烏合之眾，浩浩蕩蕩，一路喧囂著敲鑼打鼓，眾嘍囉們爭先恐後拚衝下山劫掠。

萬馬奔騰不過以踏地的聲響和激起的煙塵權當氣勢，怎麼比得上你發動的土石流，看，那滾滾排山倒海而來的泥流惡濤；並不刻意宣傳或造勢，你講究的是扎扎實實的力道，不搞花拳繡腿，每一下都來真的。

要嘛不，不然就毫不留情放手一搏。

你的威勢，硬的、軟的都有，將所有憤恨、所有的情緒，雜糅成一股既剛強又柔韌的力量；那會是徹底絕望的一場傾瀉。

一路刮擦、磨蝕、掏空、蹂躪、下切。

這氣勢既起便無可勸慰。

山都擋不了了，何況是堤。

那是一路握緊拳頭、瞪著眼的氣魄。

流經之處，天地混沌，瞬間洪荒。

人為的任何建構，科技和文明，此一刻都鬆鬆脆脆，全像是紙糊的。

你任性地揮舞長鞭，蛇身迴旋一擺，輕易地便掀扯掉宛如綠色衣衫披於地表上的植被；鞭痕游鑽得深刻些，一下便劃開了體膚；稍稍使個勁，鞭鋒粗暴又從容地深深切入肌理；鞭尾頓一下，筋脈盡斷；最後，迴個鞭，就要以無比犀利的銳角來刮摳骨底。

大地全身繃緊，埋首像塊砧板或標靶，咬緊牙默然接受你的鞭笞。

當悲傷形成下切作用，幾乎無堅不摧。

這時的你，眼神銳比蛇蠍，凡是走過，必將留下傷痕。

鋒頭既過，你的後挫力、你的尾勁仍然綿延；沒有兩三天來宣洩、緩衝，這場情緒不容易說停就停。

這樣起落的情緒。

平時柔身軟態，滑溜溜婉轉迂迴；必要時，蛇一樣，一昂起頭，那下切便直落谷底。

說起來那是幾近不可能的任務，大海推出這個海島後，要你進一步來成全這一座島。

源自於大海的水氣，每一滴，淋澆過山頭後，那麼急切的，你們在高高的山頭相互招引，只要給點斜度，你們很快的便會找到下切的角度，很快的聚合成溪澗湍流的溪水。

「回到大海去吧。」你們集體潺潺呼喊。

彼此安慰勉勵，積極主動的，你們聚合成流。

起義的隊伍般，愈往下游，愈是成群結隊，聲勢愈是浩蕩。

你們隨手扳塌的這些岩塊，被你們一路懷著、攜著、滾著；帶得動的，便一路帶回到大海家裡頭；帶不動的暫時就溪邊、溪裡頭擱著，等後頭更大的洪流隊伍再來擰走他們。

你們從山上來，回家的隊伍，帶著山產，帶著大大小小的伴手禮，一路嘩啦啦唱著輕快的歌。

那時的島，說起來只是一排冒著煙不停崩塌的山；那時的山，整排高高地就站在海邊。你們回家的路，其實只是在山坳裡打轉，一旦衝出山谷，並沒有平地來緩衝你們一路衝落的忐忑。

衝出山谷，你們腳下懸空，嚇一跳，直接就躍落到大海裡。

你們挾帶的大小石塊，海面炸彈開花般，海洋一一都收到了。

當時的島，像一只千瘡百孔漏水的囊袋，處處水流噴出崖壁；山腳下的海面，不停的，一陣陣噗通通水花乍濺。

自海面蒸騰，飄到山頭落下，隨由山勢盤轉，一路下切，你們再次熱烈地回到大海的懷抱。

這些你們從山頭一趟趟帶下來的山產禮物，海洋也透過永不疲倦拍岸浪濤的指頭，不辜負你們的辛勤，一顆一粒的，幫忙往岸緣堆砌。

經年累月，你們聯手聚沙成塔。

竟然，就逐漸填出了山腳下的岸。

很快的你們再次被徵召，自水面蒸起，又一次搭上輕盈的雲朵飛船，攀上山頭，空降為雨；再一次，攜帶大量的山產土石好禮下山填海。

海的旨意，讓你們一趟趟循環來修飾這一座島。

攀高重落，鹹、淡之間，水、氣兩態，你們反覆變身，匆匆來去，循環不已。難得的是，你們願意，看待如一趟趟旅行、一趟趟滑梯遊戲，並且似乎樂此不疲。

藉由你們的從不倦怠的循環，海島有了機會，以他不穩的高度，換取另一片寬出去的基礎、廣出去的穩定。

一步步，藉由你們的徘徊努力，岸逐漸朝著海的方向擴張。

一天天，山麓和海岸以斜張出去的平地撐開彼此距離。

你們讓海島矮了身高，但胖了腰圍。

有一天，衝出山區後，你發現一向在谷口迎接你的海，退到老遠老遠的地方向你招手。

時間像在走路，多年累積，出谷後，你所面對的已經不再是斷崖、不再直接就是家門口，而是一段漫漫往外延伸的緩坡。

這片緩坡、這片平地，自山麓起腳開始，稍微斜度，橫批向海。

隨著平緩地勢，你試著漫躺下來。

一躺下，你發現自己的脾氣改變了，不再過去山裡頭那樣急躁、那樣不停地一路激蕩奔走；一心一意就是趕快要衝回海的懷抱。

你的頭，優閒地枕著山腳，第一次，你躺著看自己的胸部、腹部和遠方沾著浪花的腳趾頭。

蜿蜒向海，你身體分岔如繫索、如枝椏，在平地上蛇擺畫畫；分而合，合復分。每個黃昏，當地面已經黯淡，你仍然反照最後一絲天光，迂擺成平地上一尾活生生、亮燦燦的蛟龍。

心裡有點得意，你躺著的，是你和你的愛人多少年來，親手一顆顆沙石、一顆顆岩礫，一點一滴堆疊鋪陳的一片大床，一片海島的平原。

就這麼不知不覺中，你們完成了海島有史以來，最繁複浩大的一場填海造陸工程。

——摘錄自《飛魚・百合》（有鹿文化，2009）

山水踱步

臺灣是高山密度極高的海島，板塊推擠，山脈高聳，好比海島伸出昂揚的手掌攔截海洋水氣，降雨山區。這些降水除了由森林吸收涵養水源，其他水分便匯集成溪。

山高所以水急，我們的溪流「情緒不穩，洪水期、涸水期差異懸殊……驟起暴落……擅長迂迴……飄忽不定……隨時有能力來一場大潰決。」這是臺灣溪流河川的基本體質。

本文大致分為兩段，第一段主要描寫臺灣河川的野性，平日或許溪水潺潺看似溫柔婉約，一旦颱風豪雨，洪流攜砂帶石滾滾奔騰而下，「一路刮擦、磨蝕、掏空、蹂躪、下切。這氣勢……山都擋不了了，何況是堤。」以擬人及帶著詩意的語言，敘述臺灣河川洪爆時「土石流」的威力。如此河川體質，除了一般認知的水源提供、灌溉等等水利功能外，其實，臺灣河川藉洪流攜砂帶石奔騰而下的同時，也將點點滴滴累積，將山的垂直高度轉化為橫向的平原，本文第二段即描寫河川這等填海造地的情景，「經年累月……竟然，就逐漸填出了山腳下的岸」、「你們讓海島矮了身高，但胖了腰圍」。

你問，淡水河有多長？

◆劉還月

源頭

你問，淡水河有幾個源頭？

彷彿，這也是許多人的渴望：尋得了源頭，必將尋得活水？

知名的翡翠水庫，不正是大臺北千千萬萬人生命之源的主宰者？而

她，不過是這條豐富之河的一個源頭而已！

沿著北宜公路入山的，其實是北勢溪。這條河發源於雙溪鄉破子寮，竿蓁坑，一路下來，截收了礌溪、鰗魚堀溪、金瓜寮溪的水，在坪林匯為大宗，然後義無反顧地投身浩大的水庫中，成為臺北人永遠不能分捨的生命泉源。

印象中的坪林以及石碇，彷彿只有山丘的遼闊與群樹的氣息，幾百年前，作為泰雅族人最佳獵場的舊蹟以及清中葉以降，漢人艱辛開墾的血汗，彷彿全都沉埋在幽幽的集水區中；僅餘清嘉慶年間，福建人柯朝將武夷茶種帶到鰈魚坑種植的傳說，繁衍成全臺知名的文山包種茶，任何時候，提供給需要的人們芬芳和美味。

和北勢溪在新店龜山村交匯，共同化身成新店溪的另一條河，名叫南勢溪，向來就是泰雅族人最堅貞的守護者。發源自烏來與宜蘭縣員山、大同交界地帶的南勢溪，一路流過東勿山、福山，吸納了軋孔溪、山車廣溪、大羅蘭溪、馬岸溪的水，過下盆、屯鹿、娃娃谷、信賢，在烏來又和桶後溪匯流，就像堅實的雙臂，環抱著遼闊的雪山山脈北端，護衛著泰雅族人的獵場與家園。

出了烏來，迎面而來的是各式各樣的休憩遊樂區，清流園、紅河谷、情人谷……幾十年來截收了無數都會男女寂寞的青春歲月。

關於這河，如果要找尋更壯闊的身世，就只有大漢溪了。是因為她泰半的流域都在桃園縣境？或者沿河城鎮的褪色？大漢溪的故事，總是不能和淡水河幾世的風華，甚至汙河的悲嘆，有著一點點的牽連。

想來，我們真是不了解這條河！咖啡店裡高談闊論的文化關懷，拼湊出的印象，也許還能提及三角湧、大嵙崁，更多的一點也只有石門水庫，至於水庫上游那彎彎曲曲的身世，卻是全然的空白。

方誌上記載她的形貌：「其源出於大霸尖山……。」百年之後，大霸尖山的北側，依舊可尋得這個悠遠故事的啟始。

遙遠的河，有著千面容顏，在二、三千公尺的高山上，用雨水氳露，點點滴滴凝聚河的原始。城市來的旅遊者，只能到淺山的人工遊樂區，喧譁鬧笑以為娛樂——太多的人從來不曾體恤過高山的呼吸、森林的脈動或者風的氣息，更難以想像，一條河的誕生是那般安靜、不著痕跡，也許用心，你可以傾聽到河的胎動，卻絕不是洶湧的水聲，甚至潺潺的流水都不是——只是生命的感覺與存在的莊嚴。

不管是塔克金溪或者薩克亞金溪，同樣都為大漢溪的悠遠流長付出最初的努力，她們匯水合流，匯流成溪，一支一脈都不放過，一路帶領下放到一千五百公尺左右的地界，才交給泰岡溪和白石溪，並在秀巒溫泉會合。

下了秀巒，河有了新的名字，叫玉峰溪，這段因烏來山南境部落而名的溪流，也許少有人注意過她的名字和身影，她卻給了自己十足的肯定，一路吸納了石磊溪、泰平溪、抬耀溪、爺享溪以及其他許許多多不知名的溪河，直到和三光溪合流，才完成納百溪匯巨流的任務，成就了此後一路往北的大漢溪。

終於是這條壯闊的河了，幾百以至幾千年來，她永遠謙卑地累積，然後流出壯闊的氣勢，現代人就利用著它的豐盈與充沛，在二坪附近築大壩蓄水，建成石門水庫。

一九六一年，雄霸於阿姆坪峽谷上的亞洲第一水庫，依憑著傲人的本錢，展現出多方面的姿彩：供水、灌溉、游湖、垂釣、攬勝、度假……甚至每每颱風肆虐，引發氣勢磅礴的洩洪，都是許多人爭相一睹的美景。如今，水庫是老了，風景也老了，唯一不老的是大漢溪豐沛的水源。

大漢溪舊稱大嵙崁溪，因大溪的古名而來。原為凱達加蘭族Takoham社社名，漢人初稱大姑陷，後認為陷字不吉利，改叫大姑崁；原本沒沒無聞，毫不起眼的偏遠山村，清咸豐元年（西元一八五一年），因林本源家族為避接連不斷的彰泉械鬥，轉而入墾山區，在大姑崁建立石城，設置墾所，帶動了這個山城往後百年的繁榮。……嶄新的大嵙崁，就隨著往來不停的帆船，通行於三角湧、新莊、板橋、艋舺、大稻埕……以至於中國南方等地，締造的繁盛市況，成為北臺灣另一個傳奇。

流過大嵙崁，大漢溪才算進了大臺北地區，一路下來的幾個城鎮，也都擁有各領風騷的歲月，然而，歷史的輝煌卻不堪現代文明的侵蝕，砂石的嚴重盜採，養豬戶、工廠、住家等日夜排放不停的汙水，加上堆放了二十幾年的垃圾，都是肇使淡水河死亡的元凶。

從三峽、樹林、新莊而至板橋，大漢溪如同新店溪一般，毫不遲疑地全部投注給了淡水河，成就了這條滄桑之河最耀眼、最繁盛的一段。只是，如果淡水河僅止於此，必然不夠精采，造物者在最後的一段，讓基隆河也加入這個舞臺，共同承受所有的的興衰與榮辱。

歷史上的基隆河，都從關渡寫起，清康熙三十六年（西元一六九七年），郁永河來臺採硫，千辛萬苦地從府城走陸路或水路抵達淡水，在換小船溯溪而入，看到的卻是：「前望兩山夾峙處，曰甘荅門，水道甚隘，入門，水忽廣，漶為大湖，渺無涯……」（《裨海記遊》）。

幾百年後，兩山夾峙的甘答門已不復見，仍堅持守在河口的，僅有香火不斷的關渡宮。

失去現場的歷史容易塵封，失去舞臺的景物更容易衰老，從北投社、八芝蘭、大隆同、劍潭、錫口、水返腳、暖暖、四腳亭以至於瑞芳，在時間的河中，或有令人動容的傳說，或曾打造過耀眼的世代，基隆河的帆影可以從關渡，一路上溯到瑞芳？甚至，築橋工人在河中尋得閃閃金砂的傳奇，映對在現今水色黑濁的河域，簡直成了一則天方夜譚。

當然，基隆河並不是從瑞芳開始，再上溯還有出名的九彎河，九彎並非河名，而是指河道的彎曲。彎彎曲曲地過了侯硐、三貂嶺，許許多多的小支流開始出現，像在宣說河的源頭就在前面。

繞了一個大圈子的基隆河，就發源在平溪和石碇的交界處，最令人驚奇的是，無論是河的源頭，或者其他諸多的支脈，發源之處都僅高海拔三、四百公尺，這麼淺的山，竟能孕育出如此豐盈的河！想來，那些有名或無名的小溪，才是成就這條水系最重要的幕後英雄。

淡水河也許有無數個源頭，最重要的那一個，其實只存在我們心中。

——摘錄自《八十二年散文選》（九歌，1994）

山水踱步

這是一篇以淡水河地理溯源，以及時光溯源為主題寫成的文章。作者以宏觀的視野，豐富的地理及歷史資料，一路寫下淡水河水系中的環境、生態以及人文、風土、歷史，並以過去比對現況，寫出海島居民與河川的密切關係。大河若是主幹，那上頭的枝椏全是支流，是這些有名或無名的上游小溪，成就了下游湯湯泱泱的大河風貌。

淡水河主要支流之一的新店溪，源自坪林山區，主要由北勢溪、南勢溪，匯聚而成，這裡曾經是泰雅族人守護的獵場和家園，目前較著名地標為翡翠水庫，之外，還生產知名的文山包種茶。淡水河主要支流之二——大漢溪，源自三千公尺大山，著名地標為石門水庫。支流之三——基隆河，源自平溪、石碇淺山。而淡水河整個水系，又如網絡神經般，緊緊抓住了這水系許多年來一代代過往宛如脈絡的人文歷史。作者也沉痛地提及：「歷史的輝煌卻不堪現代文明的侵蝕，砂石的嚴重盜採，養豬戶、工廠、住家等日夜排放不停的汙水，加上堆放了二十幾年的垃圾，都是肇使淡水河死亡的元凶。」

那一彎老圳

◆丘秀芷

初夏一個夜晚，帶幾位友人到「那一小段」瑠公圳。這幾位中年女子看到圳中的魚，一致驚豔大叫：

「水好清啊！有魚咧！」

「白天來，會看到更多、更清楚！」有點近似驕傲的語氣說：「這可是鼎鼎有名的瑠公圳啊！」

這兩天周休日，拐個彎特地一大早去看看，糟了，圳裡的水草被除去大半，幾條大魚在灰泥底的水中急急游來游去，似乎不太習慣「房子被拆了」。

這條圳溝，早些天水草不少，圳邊也有各種原生野草。一株老桑順著圳溝斜斜地長著，特別有味道。

剩這麼一小段，算不上是一條溪，更不是河，只是殘留小小一段溝渠，卻有二百六十年歷史。乾隆時，有一位先民名為陳錫瑠，從景美引新店溪水開渠灌溉，是臺北第一大圳。

老臺大人應該記得，沿新生南路，瑠公圳曾有好景致，岸邊垂柳多風情。順著新生南路，除了臺大，沿路多稻田，而溫州街這一頭則蓋一些日式寬敞的宿舍。

約四十年前，瑠公圳蒙上惡名。一男子殺了妻子且分了屍，棄置瑠公圳中，以為屍體會隨著水流到基隆河、淡水河到海裡去。沒想到屍體沒流走被發現！更烏龍的是：因為那是頭一樁分屍案，全臺震驚。警方在高壓力下，偵錯方向，攀誣到殺人凶手對門的一位柳哲生將軍。這位柳將軍飽受困擾之外，原要升官也受影響。到水落石出，他的受害已挽不回。

瑠公圳被命案牽連失去美名。當整個圳渠地下化，沿渠所有人家沒有任何異議，只有一小段殘留溫州街四十五巷做「見本」。

失了美名的瑠公圳從此不見天日，變成臺北盆地最主要的地下大水道，這條原先灌溉千甲地的渠圳，就這樣消失了。

殘留的這麼小小段渠水，有一半倒還清澈，在靜謐的辛亥路南邊溫州街巷裡。斜對角有一座陰廟「白靈公」——供奉好兄弟的，小廟後接辛亥路是一個小小公園，原陰森森一片雜樹，近年整理清朗，早晚倒也有不少老人在那兒打拳運動。近月甚至有臨時小販跑來賣蔬果肉類，倒像鄉間小村落。

其實這裡是屬於「大學里」，住了不少臺大、師大教授。溫州街被辛亥路切成兩段——以前辛亥路沒那麼寬。南段就是大學里，北段有個十足古意的名「龍坡里」，也有不少臺大的宿舍。只不過日式宿舍多半改建成水泥叢林。

附近的人家，漸漸地重視那殘留的小段圳水，圳，臺灣特有的名，其實就是灌溉的水渠。清代先民在南臺灣鳳山開鑿有曹公圳、彰化有八堡圳、臺中縣市有葫蘆墩圳、臺北就是瑠公圳，都是灌溉千甲地以上。這麼多大圳，只有瑠公圳幾乎要消失，只剩約四十公尺長，在安靜的小巷中。

曾有人建議讓瑠公圳重現，開挖到新店溪，成為臺大的康河——就像劍橋大學一樣。大家還在做美美的春秋大夢，也有文化官員參與規畫。卻另一頭有官員上簽要把這小段保有自然生態的圳填平。經過當地人的陳情，才撤掉簽呈。但是仍派清潔隊員除去大半水草。露出灰灰的溝底，一點康河的味道都沒有了。倒真不折不扣地成為一條溝，普通的排水溝。

幸好，這一半水還清澈，還有不少大魚小魚游憩，希望水草們趕快長起來，再回到有那麼一絲絲古早味的老圳模樣。

——原載於《聯合報》（2001.07.02）

山水踱步

為了水利之便，清代先民在臺灣開鑿了幾道灌溉千甲良田的溝圳，北臺灣為「瑠公圳」、中臺灣有「八堡圳」和「葫蘆墩圳」、南臺灣的是「曹公圳」。

本篇選文描寫的主題，就是北臺灣鼎鼎有名的「瑠公圳」。因都市建設，建地逐步取代農田，寸土必爭下，城市裡許多溝渠都加了蓋，從此河水封在地底，不見天日。兩百六十年歷史的臺北第一大圳──「瑠公圳」，曾經「岸邊垂柳多風情」，如今，除了歷史上知名，很不幸地只剩下約四十公尺長，露出在小巷子裡，其餘都被加蓋埋入地底，成為臺北盆地最主要的地下下水道，淪為臺灣許多河川「徹底排水溝化」的惡運。

篇名〈那一彎老圳〉頗有諷刺味，指訴的是「那悠久且大有來頭但僅剩下一小段的瑠公圳」。文章中提到，鄰近居民曾希望挖開瑠公圳重現昔日圳溝風采，但某政府官員卻是想把這段僅剩的老圳溝給填平；兩則對立的想法都未實現，所幸留下的這段水渠，倒還清澈，長了些水草和游魚，只是清潔隊員被派來除去了大半水草。一條老圳的不同對待思維，也許值得我們深思，人與河川的恰當關係。

原・豢養

多大的創痛在她身上肆虐又止息了，大地之母遒勁的生命力，默默成長了花草樹木，悄悄茁壯了蟲魚鳥獸。芽萌蔥翠爭妍鬥豔，是大地的真心；竹雨松濤鳥鳴蟲嘶，是大地的魂魄。

原

臺灣紋白蝶

凌拂

上茶園採菜，發現竟採了一隻肥綠的小青蟲回來。滿把青綠的甘藍菜，葉梗上一隻小青蟲，肥肥胖胖，乾淨而飽滿地臥著。我仔細地看，牠周身有一層極細極細極短極短的絨毛，這小青蟲柔軟而綠，是臺灣紋白蝶的幼子。

小幼蟲其實並不難看，匍匐在菜梗上不動，像個沉睡的健康寶寶，顯然甘藍菜甚為滋養。牠總是不動，曉不曉得我在看牠。我頭俯得這樣近，蔭住一片光色，牠會以為是一片遮住太陽的行雲嗎？行雲停一下又走了，牠依舊匍匐在菜梗上靜靜的不動。

我把菜梗整枝剪下，插在廚房水槽裡，牠的不動，讓我想起了蠶。蠶是有年齡的，從蠶蟻到一眠蠶二眠蠶三眠蠶四眠蠶，逐段蛻變，一眠就是一齡，每睡一個好覺就過了一齡。小青蟲想來也是有年齡的，我當牠和蠶一樣，一眠就是一齡，看牠匍匐不動，顯然正在眠中安度牠的守歲之夜。

次日，果然，匍匐不動的小青蟲已經在嚙食青綠的葉片了。我看牠認真地吃，別無旁鶩，活著的重心多麼篤定，像一部鋒利的剪草機，速度之快真使我驚異，我彷彿自己也推著一部鋒利的剪草機在草叢中走來走去。短時間裡牠成了我的親朋好友，不論我出去、回來，都知道屋裡有一個和我一樣，深深呼吸、互不相擾的存物。

三兩日裡牠就拋離了葉片，順著水槽爬上了瓷磚。我回來時看到牠貼在白白的瓷磚上，像一片反著天光的水塘，中央平靜地綴了一片翠綠的葉。我看看插在水裡的甘藍菜葉依然蒼葱，而且足量，顯然不是食物短缺，那麼牠不肯回來面對綠葉蒼葱，想來是有因由了。再一抬頭牠不見了，是否水聲喧擾了牠。我躬身、側頸、俯首、仰面，方圓四角到處尋找，屏息又深深吐氣，不知牠跑到哪裡去了。

爾後二個禮拜，溼寒霧雨天氣，冷寒裡呼吸總在鼻息之間，心跳只有自己聽到。慢慢成熟的果子，慢慢發育的生命，暗裡總有東西在緩緩發著聲響，滋長、孕育、綻裂、崩落，許多生命裡確實存在的實體次第應和，卻不在我們的耳目接收之列。關於臺灣紋白蝶的幼蟲，我斷續懸想著，道途寥落，偶意浮現，記掛的格外成為不可測知的謎了。

依舊是山窗低小，孤燈寂，日日兩耳萬籟嘈切心意空清，我慣常在水槽洗了碗筷洗碟子。倏然，這一日爆豁更響，一霎間碟子上騰空斷下一句啪答。我看到盤子上一隻步羽荒亂，捲翅虯曲，形體怪異的爬蟲，瘋狂得像溺水的人要抓住浮物。一瞬間全部呈顯，驚起中我會意過來，那一霎相撞的鏗鏘、掙裂、跌落，牠是我無意間從菜園地裡帶回，用翠葉插著淨水，以期化蛹成蝶的渾胖小蟲。碟子是牠初履的洪荒大地，牠不停地哮喘，正要抓住洪荒裡的一些什麼。一霎驚醒，我急忙忙引牠脫離水滑的盤子。牠站不穩，斜斜側著，小小兩片翅羽還不及西瓜籽大，吃力地拖著，自身後曳出一條茶褐色的溼痕，彷彿受了重創。我心下駭然，神情冷凝，不由得憐惜，這裡面有著自責。可惜了牠羽化不全，畸形若此，我原不該把牠留在屋裡，為的取悅自己，寂寥時只為屋裡有個活物，生命的氣息可以領略，靜水流深，但又不會干擾自己內在的情質。然而，就在即刻當下，心中又起駭然，風華迭起，我驚呼顛躓傾仆中，那褶疊扭曲的雙羽，完全看得見的，二秒三秒正以風的速度跳動，霎那間張滿了雙帆。變化的過程，顛躓中有著戰慄，傾仆中有著欲生的堅持，韻律、節奏在沉重和分裂中響動。展翅靠毅力，生命憑悟性，羽翅潺潺飛揚，飛聲璀璨輝煌，我惦記的小青蟲，此刻終於看到牠平安地在巨大的狂亂裡精確地划過極限邊際，在無邊的凜冽孤荒裡以寧謐的風華收場。

四個小時後再去看牠，臺灣紋白蝶完全度過了生命中最艱難最危險的時刻。多麼可喜，兩隻觸角敏而銳意地舉在空中，新利得彷彿會刮人手指，周身新嫩嬌麗的覆著黃色鱗粉，外緣明顯有著黑色斑紋，翅脈走向一條一條都是嶄新的黃稜，我貼著臉看，隱隱若有陽光的和暖。

我輕輕伸手，把窗紗上羽化的臺灣紋白蝶托在指尖，牠掙破的蛹殼仍在我屋裡不知的某處留作印記，他日若偶意發現，一切原委因由只有我自己知曉了。方死方生，我要重新帶牠回到屋外的無垠荒野，空氣裡發散著花粉的香甜，綠葉的生青，菜園裡那麼大片的甘藍菜、高麗菜以及開了紫色小花的蘿蔔，大片的黃色粉蝶迎面飛來，蝶舞呼躍，飛竄著在田畦四處。生物網、食物鏈，我們被整個自然循環的律則所統治，緊緊的鎖鏈誰也不能脫身其外，小小的意外插曲，我完整地看完一隻小粉蝶的羽化，生命在巨大的狂亂裡獨自完成，那樣真實。我看著牠自我指尖飛去，所有的生命都一樣，孤寂與沉凝的美，生命在自身的悲辛裡鼓舞前行。

——摘錄自《八十四年散文選》（九歌，1996）

山水踱步

紋白蝶為臺灣平地尋常可見的蝶類，即使人車喧嚷的城市裡，只要一小塊綠地，一片草蔬，春風一吹，天候轉晴稍暖，便四處可見紋白蝶翩翩飛舞。

本篇文章從作者自菜園帶回一隻肥綠小青蟲開始，觀察牠一眠一齡、嚼食成長、蛻變羽化的過程，之間還穿插一段青蟲失蹤記。作者寫下人蟲共處一室，有如親朋好友互不相擾的關係：「不僅人們，萬物其實默默存在」，卻是我們忽略了此等生活周遭四處可見的「滋長、孕育、綻裂、崩落」，以此諭示人與蟲、人與自然的厝邊隔壁密切關係。

本文最動人之處在於作者對這隻紋白蝶羽化過程的描寫，呈現了生命無可免的掙扎與糾葛：「顛躓中有著戰慄，傾仆中有著欲生的堅持」。當羽化的這隻紋白蝶自作者指間飛回屋外的無垠荒野裡，作者感觸寫下：「小小的意外插曲……我完整地看完一隻小粉蝶的羽化，生命在巨大的狂亂裡獨自完成……所有的生命都一樣，孤寂與沉凝的美，生命在自身的悲辛裡鼓舞前行。」作者自一隻紋白蝶的觀察，寫下生命莫大的驚喜與啟示。

給象鼻蟲的建議

林輝熊

我對拍鳥興趣不濃。看朋友的Nikon 995接MEGREZ八十倍望遠鏡，架上腳架後不輸一挺機關槍，還搞了一身迷彩裝像個突擊隊員潛躲在草叢中，枯候的過程居然抽掉一包香菸。這個翠鳥迷的朋友，那天並沒有拍到滿意的照片。

雖然拍鳥不一定得大費周章把器材扛到荒郊野外，但上次在華江橋畔看他們拍雁鴨後，還得承認，「體力」仍然是拍鳥最重要的「器材」之一。這大概就是我打消拍鳥念頭的最重要原因了。比較起來，昆蟲生態拍攝就比較沒這方面的顧慮，也不必把自己的相機搞得像大炮。

前年先後斥資買了兩臺數位相機，陸續追加的周邊配備也不少，打算和昆蟲交個朋友，這算是相當誠意的舉動了吧。不過，記得第一次背著相機到屋後小山繞了大半圈，徒勞而返，並沒有想像中的受歡迎。後來才頓悟凡事必須先「低姿態」，以示真誠。第二回我便不再走馬看花，開始定點訪查；昆蟲通常躲在葉背，你不蹲下來，牠們才懶得出來見你。

壓低姿態還好，我拍到後來，一些昆蟲朋友，硬要我趴下求見。那是當我在近拍和光影角度需要的拿捏之中，必須常常出此「下」策的舉動，反正四「下」無人，灰頭土臉也沒人看到。不過有一回我在瓜田裡發現一隻奇特的象鼻蟲，如獲至寶，當時按下幾百個快門，或蹲或爬，或坐或臥，想來個全方位的記錄寫真。在一旁納悶許久的農夫趨近一看，說：「這蟲那麼寶貝啊？田裡到處都是，送給你好了。」

象鼻蟲種類繁多，除了比較熟悉的，俗稱「筍龜」的臺灣大象鼻蟲外，其餘的我幾乎叫不出名字，印象中都是醜陋一族。所以後來我在屋後山丘的山桂花上發現一隻色澤鮮豔的長頸捲葉象鼻蟲後，興奮得每天下班都跑去找牠。

由於牠的脖子拉得比身體還長，造形有點「未來式」，加上大大的眼珠，模樣可說有點滑稽了。這天陽光不錯，逆光的鏡頭下可以看到牠四肢透明赭紅如寶石。造物者真是神奇。當牠六隻腳撐開挺高，機器獸一樣，好像架起一座海中鑽油平臺，準備吃午餐時，那支長長細細的脖子不折不扣就像怪手挖土機，朝山桂花葉面上一口一口地挖啃。我好心地告訴牠，慢慢吃，別噎著。

與昆蟲接觸的這些日子以來，我常會忍不住和牠們對話，並不時給予建議。也許應該說自言自語比較恰當，好像有點神經病。

幾天後我發現這裡不只一隻象鼻蟲，我猜牠們是一家人。有一隻體型相當，但脖子較短的，和牠比較常來往，應該是牠老婆，看來牠們已育有一對兒女，正準備繼續生個娃娃。

因為造訪的第三天，我正好發現象鼻蟲在打點新的床位。

在這裡我看到生命完美的設計，重新思考「智慧」的定義。象鼻蟲本來就不好動，加上動不動就裝死，給人天生「懶蟲」的印象。依此看來，這天長頸象鼻蟲一副打拚的模樣，可說幹勁十足，令我十分好奇。

「笨手笨腳的，你要幹什麼呀！」

看牠遲鈍的舉止中，居然可以花去十分鐘把葉片切出一塊方形，令我覺得有點不尋常，忍不住想問出個緣由。

拍昆蟲以來，大原則都放「昆蟲之美」上，對「紀錄式」拍攝深覺索然無味，但此刻我不由得在記錄的動機下開始按起快門。因為接下來將近三十分鐘的過程中，這隻象鼻蟲嘴腳並用，創造了一件完美的作品——搖籃。光看牠巧妙地把切好的長條葉慢慢捲成圓筒狀，還結結實實地紮得很緊密，就夠讓人眼界大開了。

那麼笨拙的手腳如何完成如此細緻的作品呢？從切開葉脈的大動作，到對折葉片的技巧，最後精確無誤捲簾小動作的細心，都在不疾不徐中，一一完工，末了，才把葉苞切斷掉落地面。也許老婆產卵期快到了，牠才這麼賣力吧。

我想像牠已汗流浹背，「來，和你的作品拍張合照吧！」鏡頭中，那方才矯健透明的四肢，依然赭紅如寶石。

「看你那麼賣力，你老婆應該替你多生幾個！」

這是那天回家前我給象鼻蟲先生最後且最蠢的建議。

——原載於《自由時報》（2002.03.04）

山水踱步

這是一篇帶著幽默感的生態散文，文章一開始先是自嘲自己沒有鳥類生態攝影者必要的貴重且笨重的器材，除了裝備，鳥類生態攝影還需要枯候的耐性及體能，缺少這些必要條件，所以作者選擇拍難度較低的昆蟲。沒料到仍然「徒勞而返」，「後來才頓悟凡事必須先『低姿勢』，以示真誠。」幽默語調裡，作者將生態觀察、生態書寫過程中人的位置做了清楚定位：「你不蹲下來，牠們才懶得出來見你」，甚至趴下來灰頭土臉地求見。

由於長久觀察，作者終於著迷於屬於「醜陋一族」的象鼻蟲。選文中作者一連串使用「滑稽」、「機器獸」、「海中鑽油平臺」、「怪手挖土機」來形容象鼻蟲。「造物者真是神奇」，這可是長時間近距離觀察才可能對這醜陋一族出現的認同轉折與感嘆。人與蟲之間更大的改變點從作者對象鼻蟲說話開始，人總會不由自主對著可愛的、心愛的對象自言自語。

文末，作者參與了一場象鼻蟲先生緩慢而細緻的求偶行為，並且再次自嘲，給了象鼻蟲先生「最蠢的建議」。這「蠢」字大有學問，除了對象鼻蟲的鐘愛疼惜之意，也嘲諷人們總是能力有限而又一廂情願。

相思樹

許達然

沿著含羞草，進入相思林，就擁來清新的香絲，撫我的頭髮，摸我的臉，還拍拍肩，豪放起來甚至要抱。我彎下身軀要躲，樹以為我向它們鞠躬，輕柔挽著我，和山交換沉默。

山上相思樹是東海大學創校時種的。我們去念書那年，全校八百個學生各可分到一棵，棵棵長得比我略高些。習慣苦旱的樹幹雖較我瘦，但遒勁伸出枝椏展開碧綠，含蓄夾帶些淡黃，婉約排在一起，把荒曠的山妝扮得更秀氣了。然而相思樹美在剛毅，抵檔強風，使我們少吃沙塵。樹顯然比學生還討厭牆，總是生意盎然包圍一片寧靜，悄悄把外界與學校隔離。那時一、二年級都要清掃校園，但我們從未照顧過相思林。反正樹也不喜歡掃把，只是自然成長，照顧我們。

我尤其喜歡那自然的照顧。偶爾去走走坐坐，從未碰見陌生人。同學並不常去，即使出聲念英文也不必顧慮被聽到。甚至樹聽久不耐煩而習習嘆氣，我也還賴在那裡，默記歷史事實、社會學名詞、或法文單字都不怕被看見。字不如葉，不用就掉了，但葉不綠而落下後都還記得生出，一如我的沉思。

樹下胡思亂想是完全與學校無關的功課，花了我不少工夫。想像可不見得比葉茂盛。想的即使是廣袤的森林，不細看樹也就不像什麼畫。可想的無窮，可走的有限，卻也故意不走出相思樹。沉悶時霧就彌漫了。朦朧覺得雲把天上的抑鬱搬到山上纏樹，撥不開的迷濛恍惚是我要推給山的心情。只是陽光浮躁，常慌張來催趕霧，潑下斑駁的影圖，都不讓我帶走。其實我也不願帶走什麼，什麼都要帶，生命可不勝負荷。生活單純宛然有韻律，連相思都多餘；所以那次問樹何以被叫作相思這要命的名字，樹根本不理，一定以為我這人沒有情趣，提出理智答不出的問題。

然而風無聊來找樹聊聊時，樹就不得不理了。風是山上最頑皮的，不必上課，有空找樹玩，玩得連土地也歡欣，透過樹發出窸窣聲音。風不懂遊戲規矩，興致一來就亂吹，樹不同意，咻咻叫著要趕風，激烈爭吵後，留下我的緘默，樹的相思。

相思不是傘，雨來澆滴滴，滴得樹更灑脫了。明知雨後散步會被滴溼也去。不想什麼就走著都覺得清爽，彷彿雨已洗掉心靈的塵埃，我也覺得豁朗了。忽然看到一個漏水的鳥巢，比我的拳頭還小，不知是什麼鳥的，掛在樹上多久了。想拿下來瞧瞧，但擔心放回的位置不對，使鳥懷疑巢被侵襲過而不敢再住，只看了一下就走了。有一天在雨後的沁涼裡，認得一隻白頭翁，在附近盤旋，我才感到已無端凝望太久了而趕緊走開，好讓白頭翁回家。我不是鳥，生活卻離不開樹，就以學校為巢了。

畢業後留在學校。從辦公室看出去，相思樹就對我微笑，紓解疲勞。其實看書最輕鬆了，研究才苦。做樹的好處是不必研究，上下課的鐘聲落在葉上也都不必感動。看多了穿梭的學生，也知道有學問還不是那樣子。我看書的壞處是沒有時間看樹，然而偶爾仍把那片綠意拉近，夾在我凝望的焦距與焦慮間。

那天走出焦慮到相思林，樹的沉默比我長高了。我沒說什麼，離開樹叢的僻靜，踏入社會的風雨。

多年來，偶爾溫習山上那些讀書的日子。歲月壓不彎的相思樹愈老愈美，照顧更多學生了。從前年輕時相隔的葉，現在該已親密相連，陰翳更濃，情致更深。只是我綠不起來的頭髮已較稀疏，相思樹怕已摸不到了。

——選自《二十世紀台灣文學金典（散文卷・第二部》（聯合文學，2006）

山水踱步

本篇選文書寫的對象是東海大學校園中聞名的相思樹群，以節奏頗快的文筆記述了人與樹情感上的、實際面的多層次關係。無數光陰，作者徘徊在相思樹林裡，朗讀、沉思、想像，甚或與相思樹問答對話，樹林子或含蓄、婉約、寧靜，或嘆息、抑鬱，或頑皮遊戲，樹林子當下的狀態，一一折射作者的心思與心情。

當一個人的生活中有群樹陪伴，又當一個人的生命能與樹林如此交集，有了情感，生態書寫的養分就此悄悄融於作者心底。不僅如此，實際上相思樹林把荒曠的山妝扮得更秀氣了，將喧鬧的外界與校園隔離，抵擋強風，使我們少吃沙塵，從辦公室看出去，相思樹就對我微笑，紓解疲勞，植物是生態生產者，轉化陽光能量，成為地球環境生態的最大支援。

本文作者的求學生涯伴著相思樹一起成長，及至畢業後留在學校工作，羨慕相思樹不必做研究、不必按上下課鐘聲作息、不必以書以學問為生活重心。一階段、一階段，離開樹叢的僻靜，踏入社會的風雨，這片相思樹林，遂成為作者生命中的一段美好回憶。

記——港都最後一塊溼地之死

◆洪瓊君

烈日灼身的夏日午后，獨自走入這塊原名為「內惟埤」而今卻被土石完全填沒，變成無人問津的城市荒地，陽光下，面對藍色鐵籬和寂寂荒草，靜靜懷想曾經屬於這塊土地的波光鳥影和野地的繁華。

當苦楝隨春風飄散紫一般的暖香漸漸蛻去之後，小鷿鷈開始在溼地中構築甜蜜的家庭，從小鷿鷈夫妻共同築巢、輪流孵蛋，親鳥將幼雛負於背上展開生命旅程，勤奮不懈為小鷿鷉覓食餵哺，到教會小鷿鷉游泳、潛水、自立啄食謀生的技巧，我不僅記錄了完整的過程，也從中讀懂了不少小鷿鷉有趣的行為語言。有一次，其中一隻有足夠能力獨立抓魚的幼鳥，因一時偷懶而欲搶食親鳥口中的小魚時，親鳥隨即嚴格而帶著愛撫以嘴喙啄了啄幼鳥的屁股，彷彿在告訴牠：「你已長大，該自立更生了。」

當落日退隱山頭，留下一道亮洸洸的金黃水影之際，臉上如彩繪黑、白紅褐相間花斑，毛羽簇短，體型瘦小的小小鷿鷉，尾隨親鳥體態輕盈地滑出蘆葦叢，牠們悠然劃過落日灑下粼粼波光的身影，是嵌入暮色中最動人的一幅畫。

而我與許多鳥類的初次邂逅都在這一塊占地一．〇二八三公頃的內惟埤發生。包括擅長捕魚似寶藍色噴射機的魚狗（翠鳥）；總是弓身踞腰凝視波影、個性沉靜的夜鷺；還有行動如印度舞者的紅冠水雞；性情隱密，以為自己如一片黃葉般輕盈的黃小鷺以及喜歡擺臀搖尾的冬侯鳥磯鷸，還有與藍色獨行俠——綠蓑鷺的驚鴻一瞥……。在內惟埤記錄到的鳥類多達二十餘種，這一年多的觀察，內惟埤亦帶給我如初戀般的喜悅。

當釣魚客發現這一處大都會中僅有的僻靜之所，便不僅止於來此垂釣，更於水中施放許多魚苗，間接地吸引更多鳥類駐足探食。我喜歡在日暮時分前來，只消五分鐘車程便將塵囂拋諸於外，黃昏的涼意驅散蒸騰一日的暑氣，群鳥的活動也在此時到達最高峰。烏龜慵懶地趴在浮木上無所事事，褐斑蜻蜓於池畔款款而飛，還有前來賞鳥的親子……讓這塊隱於鬧市之中的溼地溢滿活潑的野地生機。

內惟埤的彼岸，是田青、大花鬼針草及馬鞍藤連綿而成的草原。草原與內惟埤隔著一條小河，而另一端則圍著鐵籬，小河及鐵籬讓這片草原與世隔絕，草地裡的繁華與孤獨生生滅滅、自開自落，除了像我這樣對曠野極度渴求的人之外，這裡幾乎不會出現其他人類的足跡。自從發現草地上另一主角——山羊，披著熠熠生輝的毛皮奔躍過青青草地，並且極具紳士風度對我有禮地敬而遠之，我便開始帶領一批又一批的學生深入草地循著蹄印追逐羊蹤。這群在城市中生長的孩子，大多是第一次看到羊，而且還是野放在大自然中的羊群，個個興奮得像初次獵鹿的印地安男孩。孩子們強捺住狂跳的心情，躡手躡足噤聲踏過刺棘的鬼針草叢，只想觸摸到在陽光底下閃閃發光的羊毛，可惜羊群始終和我們保持一段距離，讓我們無法一親「羊」澤，然而整個夏天，這片草地和那群羊卻充分餵飽了我們這些久居都市的孩子對原始荒野的飢渴之心。

前年即聽說市府有意將租賃給亞洲合板公司運輸木材之用的內惟埤收回，而闢建公共設施的消息。直到去年六月傳言更加確定，市府決定將草地夷平，把溼地填沒而改建成台汽客運停車場之後，釣魚客似乎只能拚命地撈光池中的魚，並對我這個沉默的自然觀察者發發牢騷。至於我呢？也只能用筆和相機記錄這即將被吞噬的野地之美。

內惟埤溼地的魂魄是小鷿鷈，小鷿鷈走了，溼地便失去了大量動力，翠鳥、綠蓑鷺、黃小鷺和釣魚客也消失在這塊溼地之中，溼地正面臨垂死的荒蕪。

八月，推土機和運載大量泥沙的卡車訇然駛入，蟲鳥魚獸紛紛驚飛逃竄，只賸小白鷺在乾涸的土地上沒有明白一般地貪婪搜索最後的午餐！

地方誌中記載：「『內惟埤』發軔於清康熙年間，初為農田水利之灌溉，占地一．○二八三公頃。」在港都木材業興盛的年代，內惟埤亦成為銜接愛河的一條運輸水道。當木材業沒落之後，內惟埤因失去經濟效益而漸被人類遺忘。而後，野鳥進駐內惟埤，日積月累，創造了豐富的野地生命，也提供在大都會中窘迫生存的釣魚客、自然觀察者及戶外休閒者享用豐盛野宴的好去處——最後，所有鮮活的野趣結束在推土機和除草機之下，只賸冰冷的鐵籬和寂寂的荒漠野草。

回顧人類文明發展的軌跡，竟是帶領人們一步步走向與自然背道而馳的荒涼。

記得那些陽光燦爛的日子，我經常獨坐於草原中凹凸不平的石礫上，田青的綠，鬼針草的白及孟仁草的深褐被風吹的線條揉成濃烈的相思，這一片曠野連結了另一座小島，我的故鄉——澎湖，海天一色，山羊奔馳天人菊盛開的原野，原來土地才是鄉愁的根源。

當思緒越過鹹鹹的海風飄回這座城市，只剩下深深的寂寥。山羊是草地的魂魄，草地變成光禿禿的沙漠，山羊移棲他處，草地便死了；沒有水鳥而乾涸的溼地也宣告死亡。在時光不斷往前推移之中，人們將會遺忘這塊城市野地曾有的豐饒；內惟埤的歷史終將塵封於無人問津的史冊中，只有麻雀、荒地的野草和我，記得憑弔。

——選自《第三屆鳳邑文學獎・海洋文學獎得獎作品合集》（高雄縣政府文化局，2000）

山水踱步

這是一篇標準的「環境鄉愁」文章，因開發造成環境原貌變遷，作者為文感嘆，再也無法回到原來的地方。占地四十餘公頃的高雄內惟埤溼地，從一九八五年規畫籌建包括美術館在內的「內惟埤文化園區」，直到二〇〇〇年開放民眾參觀，工期長達十五年，這篇文章判斷是在施工期間寫成。

本文作者幸或不幸，於開發前就與少數人享用了這塊溼地較為原始的風貌，更可貴的是，藉由書寫留下了未開發前的生態紀錄和生態樣貌，小鷿鷈家族、翠鳥、夜鷺、紅冠水雞等二十餘種鳥類，更讓人意外的是記錄了野地羊群，這些繽紛生態，因為「與世隔絕……繁華與孤獨生生滅滅、自開自落」。一旦開發，少不了工程施作，「推土機和運載大量泥沙的卡車訇然駛入，蟲鳥魚獸紛紛驚飛逃竄」。所幸這場開發目的是「文化園區」，算是比較顧慮環境與講究工法的低度開發，但有了原初的比較，心情落差，仍然造成作者回不去的傷感。這樣的生態書寫，少不了批判，或許我們可以藉由這篇選文，延伸出許多開發與環境的討論議題。

岸・交會

彼時，蹤身一躍投入未知的玄虛；此時，被命運之手送回海與陸的分界處，再見已是隔世。潮蟹水鳥、魚塭蚵架，生命的面貌總是令人意外，在水中、在風中，邊疆傳奇一次又一次往遠方傳送。

海洋小學

張瑋琦

問我有什麼新年新希望，我希望花蓮有一所海洋小學。

不同於只有少數人能享受獨特教育方式的貴族式森林小學，也不遠離塵囂。我想像這座小學應該面向海，最好從校園就能看見海！學區就在海邊，學生們大多來自討海人的家庭，或家族曾經與海有深深的淵源，血液裡流著海的味道。

學校裡沒有旗魚、美人魚或任何耗資龐大的雕塑品，也沒有漆著各式各樣鯨魚或海底生物的樓房與圍牆。因為這個學校要教給孩子的是向大海學習、在大自然面前謙虛的精神，要的是真真實實體驗海洋、愛海洋，而不是只會喊喊口號、做那些浮誇虛飾的表面功夫。號稱千年不腐的流刺網，拿來當作棒球場的護網；學校排球場的網子，用的也是廢棄漁網；校門口兩盞典雅的球型立燈，改裝自船家用的玻璃浮球……。所有這些校園用品或裝飾品，都來自師生們一起到海邊、漁港撿拾，發揮創意將廢物再利用的成果。這是一所「實踐」小學，而非「實驗」小學。她要在「教」與「學」當中，實踐人與海的親密關係。

從校園、學校對面海邊的草皮、漁港、魚市場到堆滿垃圾的奇萊鼻，都是自然教室。學生們不只學習認識海中的生物、海邊的環境，也討論人與自然互動中，帶來了哪些破壞，而哪些破壞應可避免……等等問題。從港務局、鳥踏石仔舊址到漁船上，也是他們的社會教室，學生們學習花蓮港的歷史、花蓮討海人常用的各種漁法；也討論這些漁法對海洋可能帶來哪些傷害。學生們的家長、阿公，這些資深討海人，都是這個學校的客座講師。每個學期，都會有老討海人到課堂上，為孩子們講大海的故事。那些北風中鏢旗魚的英勇故事、颱風前夕急船回港的驚險故事、一個錯誤判斷就會在大海中喪生的鬥智故事……，豐富了孩子們的心靈。還有美勞課，也因為加入了海洋的主題，而變得趣味悠悠。不論是魚拓、沙畫、螃蟹模型製作或是海灘廢棄物的拼貼、裝置藝術習作等等，以動手參與的方式，開啟孩子們認識自然的新視野。

回想起我自己的童年，我曾經就讀的小學操場後有一道濠溝，那是一個流傳在校園內小朋友間的傳奇空間。傳說與日軍作戰時，那裡發生過激烈的戰鬥，濠溝旁的防空洞裡，還留著死去官兵們的頭骨。每天總有小朋友們在濠溝間玩著「游擊戰」的角色扮演遊戲，而較勇敢大膽的高年級孩子，甚至組成「敢死隊」，向防空洞進攻探險。當然，年紀稍長後知道那些關於頭骨的傳說，只是無稽之談。然而也讓我明瞭，孩子們總在傳奇故事的扮演遊戲中成長，模仿「指揮」、「統馭」與學習「社會互動關係」，並養成豐富的想像力與創造力。我們的孩子們的童年需要傳奇，只可惜資訊電腦時代下，傳奇故事愈來愈少了。當玩伴只剩下電視和電腦，童年是可悲的。

海洋小學的教育者，重視為孩子的童年打造傳奇與夢想。廢棄不用的漁船經整修後，成為孩子們的遊戲空間。遊戲場裡，經常可以看到孩子們圍繞在船上船下，玩著尋寶船與海盜的遊戲；扮演著捕捉大魚時、遇到大風浪時，群體合作的一景。學校不只給孩子夢想，也讓孩子與海洋交換夢想，建立人與海的親密關係。每一年，學校的教育者讓高年級的小朋友們決定自己今年將與大海交換什麼夢想，而他們的夢想必須以「為大海服務」為前提，提案交由小朋友自己表決。這是身為高年級的榮耀。五年級的小朋友決定他們要去淨灘，六年級的小朋友決定要為大眾解說海洋。學校為了協助小朋友完成「為大海服務」的夢想，將依小朋友的提案，為小朋友請來專家說明實踐方法，並適時輔助小朋友實踐。這一年，小學的畢業典禮首次移師到海上舉行，在海豚的祝福圍繞中，他們領到了畢業證書。

這就是我的新年新希望。我認為，小學，是為童年製造夢想的園地，小學的教育者，扮演著夢的守護神。就像夢中有時間有場景，作為夢工場的小學，也需要有美麗的場景來鋪陳夢想。海洋小學所鋪陳的，是一個關於海洋的夢。遼闊美麗的太平洋，就是這座小學校織夢所用的經緯。

這樣的學校，這樣的條件，在花蓮應該很容易找到吧？不需要政府出錢重蓋學校，只要任何一座靠海的小學願意花點心思，花蓮很快就能擁有一座海洋小學了。畢竟，我們離海洋是那麼的近，不是嗎？

——選自〈海洋小學〉（黑潮海洋文教基金會電子報，2008.06.14）

山水踱步

臺灣推行海洋教育許多年了，這時或可回過頭來，看看有哪些缺失以及哪些值得加強及改善的地方。

本文作者想像創辦一所海洋小學，來探討基礎海洋教育的理想。首先，臺灣有哪些海洋教育資源可供海洋小學來運用？作者希望海洋教育不應該只是標語、圖騰或彩繪，不應該只是表面的或浮誇的。文章中提到的雖然是為花蓮創辦一所海洋小學，其實，臺灣中央是山脈，平原城市沿海散布，廣義而言，大多數學校都鄰近於海，並具備推廣海洋教育的環境條件，譬如：海港、海岸、漁港、漁市，這些場景都是海洋教育的戶外教室；甚至，海洋產業相關從業人員，老船長、老漁夫們，都可以受邀成為學校海洋教育的客座講師。海洋小學中，「學生們不只學習認識海中的生物、海邊的環境，也討論人與自然互動中，帶來了哪些破壞，而哪些破壞應可以避免……」讓孩子們在海洋教育薰陶下有了海洋夢想，並且以「為大海服務」理念落實為具體行動。淨灘、海洋解說、乃至將畢業典禮辦在海邊等等，作者雖以想像為文，文章中卻充滿海洋基礎教育的理念與理想。

大地的邊疆

劉克襄

我是一個蝸牛式的旅行人。別人一個小時的路程，我需要花四個小時。我更喜歡以一季、一年來完成，而且旅行的位置永遠是同一個地點。

通常，我的旅行背包裡固定有幾樣小物品。除了必備的地圖、筆記本、指北針與望遠鏡外，還有植物、鳥類圖鑑與美國田園詩人佛洛斯特的詩集。它們都是我旅行的聖經。

四年多來，我背著它們走過臺灣的山巒河域，從渺茫無垠的沙岸出發，溯至終年霧雨的針葉林。

在海洋與陸地交會的地區，哪裡是海洋的盡頭？或者，哪裡是陸地的終點？地表並沒有明顯的分界線。我們只知道這兒叫潮汐區，有時浸沉於水中，有時裸露於陸面，而沙岸是其中最主要常見的海岸景觀。

在地形上，沙岸彷彿也是地球運轉最閒暇、從容的地帶。時間與空間彷彿使用不完，散陳於坦平無限的沙中世界。海岸與陸地的關係顯現出一段已經過長遠切磋的歷史，並且建立了優柔和諧的自然環境。假如將人類的歷史放在這裡測量，不過二、三毫米，像流星般短短一瞥而已。

這兒也常讓人有某種啟發，好像一切世間的複雜紛爭，糾纏到最後，就是這麼清一色的沙石世界。只聽見浪潮的聲音，澎湃起落。也像鐘擺一樣，一去一來。任何物質，大至腐木、廢船，小至瓶罐、紙盒，在這單純的潮汐滾動中，都會化為烏有，變成一顆顆沙粒。沙粒是它們的最終與最初。

弧形是沙岸的典型特徵。聚集成沙岸的沙粒泰半源自岩石的風化；經由陸地的河流、海中的浪潮與空中的風推送，沙岸被沙粒積成各種長短不一的弧形海灣。

沙石的大小也深深影響沙岸的環境生態，影響低潮時水分的保有與動物存藏於沙洞的能力。沙岸的坡度更牽繫著沙粒的大小狀態以及浪潮的行動。

所謂一沙一世界，每粒沙都有它的歷史，這可從它的形狀和構造透露出來。通常，風吹的比水運的圓，順風丘的又比背風丘的輕小。在不停的風吹水運下，每粒沙都無法在任何地方久留。它們到處旅行。沙丘愈多的地表，沙岸每天的變化也愈大。

浪潮遇到沙岸也較無障礙。每一陣浪潮起落時，海水會四處游走一段距離，這使沙層底面經常保持潮溼。至於正午時，沙岸表面的溫度約高出退回海水攝氏十度，或更高，但一、二尺下的溫度恆常。假若有雨水流經表面沙層，鹽分的濃度也不會產生巨大變幅；沙層愈深，鹽度更是穩定。

從人類生存的條件去看，沙岸或許是一個嚴酷的生活環境。那兒有若荒漠，大地毫無生命。生命要活存沙岸表面，幾乎是不可能的事。它沒有提供足以讓植物依附的表面。生物被迫躲入沙洞、沙層裡。於是，這些乾涸、荒涼的沙石下，生命靜伏著。牠們居住在沙的深處，在沙的黑暗中，尋找一個避開魚和鳥類的溼冷地方，等著漲潮或夜晚的到來。

沙岸生物的生存，自然靠著許多有機物質的聚集，大部分的沙岸包含有一定數量的海草殘渣、動物的屍身、排泄物或其他物質。它們從海上來，堆在沙中，尤其是視為遮蔽物的沙丘後。

蒼白、沙色的幽靈蟹和沙跳蟲是沙岸的清道夫；是兩種最有名的沙岸生物，也是人類在白日最常見的海濱無脊椎動物。

幽靈蟹多半生存於潮線以上的沙岸，傾向於陸棲。白天在沙洞中，露出小足尾端於洞緣，晚上才橫爬出洞，獵食於洞口周圍。但每天漲潮時，他們仍需回到潮線，濡溼鰓穴。到了生殖期間，也要返回曾經養育牠們的海中。

沙跳蟲更是有強烈的陸棲傾向，水中的本能似乎已完全退化。牠們甚少和海接觸，幾乎和海斷絕關係。假若待在水面太久，甚至會溺斃，牠們的棲息與幽靈蟹相近，白天時，隱匿於潮線上的洞穴，晚上再外出覓食海草。

這是我觀察水鳥時所知道的亞熱帶太平洋區的沙岸。除了人類，水鳥是沙岸食物網的主宰，隨浪潮起落而居。這些水鳥主要是鷺鷥科與鴴、鷸科鳥種，其中有些小型的沙鴴，還終年留守，築巢於沙岸。

從地理來鳥瞰，有些學者也將沙岸視為海洋與陸地的緩衝地，它將海洋與陸地隔絕。潮汐區後方，靠陸地的沙岸總會出現不少定沙植物，穩定沙岸的範圍促使沙岸護住近海的陸面，免於被浪潮恣意侵蝕。另外，有人也視沙岸為剩餘地。那兒是大地的邊疆，集孤獨、荒涼於此。這也是幾千年來，騷人墨客面對海洋，最容易引發感傷，或意氣昂揚的地點。

而我呢？面對這個比人類歷史長遠幾萬倍的沙岸時，我只感覺自己猶若針尖，甚至於子虛。

——選自《消失中的亞熱帶》（晨星，1986）

山水踱步

選擇的不是風景區也不是觀光景點，進行方式更不是人擠人或走馬看花，這是一種不同的旅行方式——蝸牛式旅行。

本文作者以緩慢的行進速度，仔細觀察沿途自然生態，走過山巒、河域和海岸，寫下許多精采的生態文學作品。臺灣海岸地質、地貌相當多元，火山海岸、斷層海岸、岩礁海岸、珊瑚礁海岸、卵礫灘、沙灘和泥質灘地等等。本篇選文描寫主題是其中的沙岸。作者以閒暇和從容形容沙岸，他說，這是一段海洋與陸地經過長遠切磋且展現優柔和諧的自然環境，宛若最終的結局；啟發我們，一切紛爭、糾葛，最後不就是落得這平靜委婉的一灘沙岸。沙岸一如荒漠，加上日晒、鹽分、風吹、浪襲，如此特殊而嚴苛的環境使得沙岸表面幾無生機，生命都藏在沙岸深處，作者例舉了幽靈蟹和沙跳蟲，這就引來了沙岸食物鏈的主宰——水鳥。

最後，作者提出我們如何看待沙岸，具備海洋與陸地緩衝帶功能？或只是不屬於海、也不屬於陸的三不管剩餘地帶？作者認為，沙岸集孤獨、荒涼於一身，若大地的邊疆，無論如何，面對比人類歷史長數萬倍的沙岸，我們只是針尖。

寂靜的航道

林文義

再來北航道，已經是九年以後的事了。

魚塭靜靜地躺在地之上，一絲波瀾也不曾激起；藻色的水面上層清澈得可以瞥見群聚的虱目魚。馬達靜靜的，沒有發動，水裡該有足夠魚群藉以生存的氧。鹽田裡一灘靜止如鏡的水。不是晒鹽季節，但鹽田隴道上卻也堆置著用稻草包裹著的鹽堆，等待著小火車把它們載走。

北航道那條弧狀的橋已經十分古老了，許多孩子將他們的腳踏車放在橋頭，然後跑到橋中央垂釣。北航道裡，海魚依然是很豐盛的；但每逢漁船從橋墩下經過時，孩子們就七手八腳地將釣線拉了上來，否則會鉤到漁船小小的桅桿或甲板上堆置的尼龍漁網。

航道外就是波濤洶湧的臺灣海峽。廣瀚無垠的海水在午後燦亮的陽光下閃閃發亮。佇立在馬沙溝海水浴場的邊緣，望向海峽的遠方，有一艘油輪在海平線緩緩地挪動，也許是由於很遠，看不出它是否全速航行。不是星期假日，海水浴場人很稀少。黑色的灘岸，狹長地向兩側侵奪而去，一個海防士兵站在碉堡旁，雕像似的一動也不動。

九年前，這裡還是荒涼的海岸，詩人楊君帶我來此，看靜靜的北航道，鹽分地帶特有的鹽田、魚塭。而那時，仍是少年軍人，有些羞怯，想法純真，不諳世事，剛從學校畢業出來，生命裡只有軍隊、愛情、面對未來理想的冀望。九年後再來，北航道依然，鹽田、魚塭仍在，而已不再是當年那個羞怯、單純，只有詩與愛的少年軍人。

我靜靜坐在冷氣開放的遊覽車裡，九年後的詩人楊君正用著他那口令人發噱的臺灣國語，向參加第六屆鹽分地帶文藝營的學員們津津有味地介紹北航道，鹽分地帶是詩人楊君的故鄉。車子開上北航道那條坡度十分陡削的橋梁時，顯得分外吃力，年輕的學員們都笑了起來。我側過頭去，北航道右側廣闊的鹽田裡，有幾隻白鷺鷥悠然地佇立在鏡般的水面，它們雪色的投影清晰地倒映在水中；九年前，來到這裡，這片鹽田還正在開墾，在熱炙的烈日之下，很多理著光頭、穿著囚衣的人們，汗流浹背地掄動著十字鎬，奮力地工作著，他們顯得十分憂鬱，一定是因為禁錮之苦吧？九年一過，他們應該早已獲得自由。

而鹽田再過去，是那個名叫蚵寮的村子，我知道那個特立獨行的老畫家洪通住在那裡。一棟畫滿四牆奇異符號，破舊的房子。他一定更加蒼老了，還在做娶細姨的夢嗎？那年，他帶著他那獨特的畫來到十里洋場的北島大城，風靡了眾多的人們，令學院出身、嚴肅的藝術評論家們瞠目以對。喧譁的風潮掃過以後，老洪通什麼也沒有，獨自黯然地回到蚵寮，然後把自己封閉了起來，還是要讓那個終日在南鯤鯓廟賣香火、金紙的糟糠老妻以微薄的收入來養活他，真是慘澹而苦澀的人生。

路過蚵寮，許多婦女蹲在屋旁簡陋的棚下，用熟練的手姿，剝著粗糲的蚵殼，掏出肥碩的蚵仔；幾個幼小的孩子在狹窄的巷道裡玩躲避球，發出了清脆童稚的笑聲。有個老頭，坐在一棵巨大的梧桐樹下打盹，手裡的菸都已經快燒到手指了，那燒過的菸草長長的一條，卻不會斷裂下來。他的身畔一大堆蚵殼，一個用著印花布包裹著斗笠，幾乎把整個臉都蒙起來的婦女正在收集蚵殼，並且把它們一串一串地搬到板車上，大概準備運到海邊去插蚵苗。

離開北航道，詩人楊君告訴我說，要去看北門的烏腳病防治中心。我的心一下子往低處直沉。我想起前年曾經來過一次，那些被切斷手腳的老鄉人們，那麼安詳、認命地坐在床沿，向訪客們親切地問候平安，我真的是無言以對。面對著這些不輕易向殘酷命運低頭的堅強生命，我感到，我們整個社會是愧對他們太多的。那棟歐式的白色建築靜靜地坐落在一片草地上，我再次推門造訪。空曠的室內，只有三、四個老人，他們有的坐在床沿，有的拄著枴杖，正在整理內務，看到我們進入，充滿皺紋的臉上隨即浮現出親切自然的笑容，這次我又無言以對，竟連起碼的問候我都顯得嘴拙了——我的視線不由得投射到那些老人被手術刀切斷的手腳，我很黯然，並且變得遲緩而呆滯。我深切地想起一位傳教士充滿悲傷的話——如果這世上真有上帝的話，祂應該先到鹽分地帶的北門鄉。

我很快地走了出來，從進去到出來，不到兩分鐘，我的臉上是一片漠然，真的，否則我能夠怎樣？虛矯的感傷，廉價的憐憫與同情，對於這些受難的人們有什麼實質的助益？一點也沒有。我不喜歡這樣，這個茫茫的塵世，虛假的人太多了，放言空泛的知識分子多於螞蟻，我真的很不喜歡，更不能在內心容納某些用虛矯的淚水所凝聚的文字——那種空泛高遠得不符實際，軟性而黏膩的溫暖。

我們的車緩緩地走在廣闊的鹽分地帶上，蛋黃般巨大的夕陽正落向被染得一臉霞色的海面。我坐在車窗旁，將視線投向北航道的方向，遠方一排蒼鬱而朦朧的防風林；而我知道，澳內的漁船應該已經陸續出航，拖著長長白色的浪尾，通過北航道，到海峽去開始一天的營生。

——原載於《聯合報》（1984.10.17）

山水踱步

以九年前的北航道景色著筆，作者以簡潔安靜的文字拉伸鏡頭；近而遠；魚塭而鹽田，跨航道的弧狀橋，以及橋上垂釣的孩子，經過橋下的漁船，航道外頭臺灣海峽洶湧的波濤，以及遠方緩緩移動的油輪。遠而近；黑色的灘岸，人少的海水浴場，動也不動雕像似的海防士兵……一個景過場到另一個景，如翻頁的圖片帶著時光流轉，帶動這段孤寂海岸已然停止的步伐。

「九年後再來，北航道依然，鹽田、魚塭仍在」，但作者自己已不再是九年前「那個羞怯、單純，只有詩與愛的少年軍人」。人物陸續出現在景色中，詩人楊君，鬱悶工作的囚犯，傳奇的老畫家，剝蚵殼的婦女，嬉戲的小孩與打盹的老人……作者以景、以人，鋪點出海岸的荒涼和憂傷。前述的鬱抑鋪陳，彷彿都為了這段海岸最沉重的畫面——烏腳病防治中心內憂傷的情景。

最後，作者以漁船「拖著長長白色的浪尾，通過北航道，到海峽去開始一天的營生」作為結尾，讓一路低沉的文章，有了轉折再起的活力。

屬於高蹺鴴的四草雨季

◆莊永清

五月梅雨來臨之前，四草最後一批小水鴨，也離開了。恬靜的晨光，透過島嶼每年特有的清天藍空，鑲出暖暖的白雲銀邊。連著魚塭的鹽田溼地，舞泳著鷺鷥飛影。小鷿鷈，則在深池泅泳著。

穿過這片曾在處處草海桐的四草，就是去冬疏濬過的鹽水溪了。遠一點的西方，相傳是國姓爺和荷蘭人交戰的北汕尾，也是清軍降伏鄭將之處。古老的炮臺、海堡遺跡、海靈佳城和大眾廟，訴說著此地曾有的臺江風雲。

鹽水溪以南，遠近濃淡不一的高樓公寓，隨即流入眼簾。領我視野，到平日無緣想望的地球盡頭。那是四草科技工業區北邊的棄鹽田，政府所規畫的高蹺鴴棲息本地，約莫有五十幾公頃的溼地，是高蹺鴴繁殖的所在。一九九四年五月，臺南鳥會在這兒發現十一處高蹺的巢，孕育出四十四隻高蹺雛鳥，改寫了鳥界對於高蹺僅為島嶼秋冬過境鳥的認知。同年又見八十八隻亞成鳥，活動於大肚溪口南岸一處池塘，鳥界隨即呼之為島嶼新生代。

那日晨光正美，十幾隻高蹺鴴，在西濱公路邊的棄鹽田，靈活地鑽探泥底蟲貝。雖非親近野鳥而來，摩托車依然熄了火。高蹺似也懶得理會公路旁佇立的我，急迫地驅逐侵入者，甚至飛離水面，用腳打起架來。周遭的高蹺，只有一哄而散，重新劃分食物區。這頗異於往日見到牠們的模樣。平日見到牠們總是一身白衣，披著黑色小外套，穿上粉紅細長靴，慢條斯理地踏行覓食，或是獨腳休憩於水渚，完全小家碧玉的長腿姊姊模樣。這會兒看牠們左右擺首地凝視前方，一旦發現泥底蟲貝，瞬即埋喙鑽探，甚至不顧吃相，將頭連著脖子，潛入水裡，像小水鴨翹起尾巴的捕食動作，一副貪吃模樣。偶爾舞於水面，翔於空中，還發出酒足飯飽的呦呦鳴聲。

無論哪一種鳥，愛鳥的我們都是樂見的。每當L或S模仿紅鳩的求偶動作：挺胸、引頸、咕咕，我也會回以麻雀地面撲翅的動作。即興時，再來一段鳥鳴聲。即使不解鳥音，能由喉間發出擬禽聲，也有想像當一隻鳥的快樂。人類想像飛翔的欲望，是否為一種集體意識？並不確知。年來，高蹺在內心的烙印，確知較其他野鳥鮮明。是絢爛的彩羽願意居留繁衍，卻面臨溼地即將破壞的人為問題。更可能的是清麗脫俗的外貌，常讓我忘了辨其雌雄，笑起自己的糊塗。明知雄鳥背羽為暗墨綠，雌鳥為暗褐，見到牠們形影不離又極其相似的形貌，猶然誤以高蹺是無性的。幸有生態攝影家，將高蹺互理羽毛的恩愛行為入鏡，才不致忽略高蹺配對後的摯情。

自從春日的葫蘆埤出現過各數十隻的三隊高蹺，三分鐘內，前後來埤的上空盤旋，因覓不得前些時日露出水面的浮覆地好棲息，怏怏離去。葫蘆埤遂成了得暇必去的私人花園。朋友來訪，也邀他們同去，享有那份野塘清趣。雖然為了等候高蹺降落浮覆地，必須藏身於山葡萄壓著構仔、野桐，且沾有鷺鷥糞的岬灣，大家都覺得這樣最自然。眼見高蹺要降落，還會怕藏得不夠隱祕，自發地側入草叢。

首次見到高蹺，是在八掌溪離海五公里的北馬，S說高蹺是他所識的第一種野鳥。天色微暗中，依稀見得高蹺粉紅細腳，涉入薄薄的水田。自個兒所識的第一種野鳥，則是溪埔高粱田所見的番鵑。再次見到高蹺，竟在自己不敢置信的宅前水田。這種驚喜，如同於田野，無意中巧遇紅冠水雞般，總是浮現著自己的淺陋，也因之催促自己尋找圖鑑，具微了對於野鳥生態的認知。原來高蹺活動於濱海地區的水田、魚塭、淺沼。

秋冬獨自去曾文溪下游，聆賞黑面琵鷺，遇到溪埔淺塭上的高蹺，好似重逢了久未謀面的良友，順口喚出高蹺親切的名。牠們不似鷸鳥怕人，總是一邊挪移步伐，一邊回頭注視岸上。如果岸上的動物久立不去，牠們才會執意飛離。只是四草科技工業區去年八月整地後，見到牠們的機率，就愈來愈少了。反而常在葫蘆埤見到。無論呼朋遠離浮覆地，還是掠空飛行，往往先聞其嚶鳴，再見牠們自空中飛來。宋代詩家最是擅長比擬飛禽鳴聲，甚至開闢了「禽言詩」的題材。鄉野星夜，白腹秧雞所發出的「苦啊！苦啊！」也常讓人想起自認怨婦的女性。高蹺的呦呦鳴聲，私衷以為倒像少婦的呢喃，有點嬌羞。

梅雨來時，高蹺不知躲到迷濛雨氣的哪兒去了。難忘高蹺身影，梅雨後，選個好天，專程趕早去棲息地。來到工業區土堤前，即見高蹺混同鷺鷥，頡頏御風而飛，迎接今日的第一道陽光，再悠然飛落目不可及處。第一道陽光，對於日行性萬物，大概頗似捱過長冰河期後重見的光，重燃了種族延續的生機。

濱海公路西邊的土溝，冬青菊的桃紅碎花，尚未散發出夏雨來時特有的濃郁刺鼻菊香，偶爾飛過一隻芒噹丟仔。一里外的陌上，兩隻喜鵲混入鷗群，猜想是大眾廟旁大葉銀合歡樹上的那兩隻。冬季去時，牠倆還跟我躲貓貓，自大葉合歡的枝柯，隱沒到後方的木麻黃林。土堤附近的鹽田水域，水已深及高蹺的身。經過逡巡，勉強發現一隻高蹺蹲伏於對面陌上，像在抱卵。走到更南端，鹽定叢有較多高蹺。佇立良久，突然有隻高蹺飛撞到眼前，又側身迴旋而去，如此這般，來回三趟。是在跟我打招呼嗎？

是日黃昏，乾涸皴裂的塭上、長了蘆葦的綠藻池，火速地穿過，來到「高蹺鴴棲息本地」的告示牌。牌上明列禁止捕殺販賣的法令規定，對於高蹺的生態倒是無所著墨。我知道自己迷戀上高蹺了！躍下土溝，躡手躡腳地攀過鏽了鐵栓的水門，遠遠望去，鹽定不是種籽成熟的赭紅色，即為橘綠色。晚風吹得陌邊，堆著白白泡沫。我彷彿聞到落日蕉影處所飄來的鹹鹹海風，也見到白晝誤為工寮的偽裝棚。那棚，顯然是愛鳥人於冬季所搭，墨綠帆布，已為朔風撕裂，裸出竹架。靜觀夕陽落入地平線前的高蹺翦影，雖是春夏之交，海風仍然吹得曠野有點蕭瑟。涉足水中的高蹺，似趕在日落前，謳出今日最浩壯的天籟，頗有貝多芬第九號交響曲曲終前的大合唱氣勢。一入夜，便沉寂了。

難忘眾多高蹺迴旋耳邊的記憶，六月夏雨來前的一個晴天，偕S、母親和她，去四草賞高蹺，自覺在踐履大地之子的義務。公路東岸的海茄苳、欖李，已經逐漸染成一片白色花海，鹽渚旁的蓮霧也結果了。她陪母親於木麻黃蔭下賞高蹺，一隻栗小鷺橫向不遠處的灌木叢。S同我攀過水門，許多高蹺隨即張翅，有的還斂翼俯衝而來，發出尖銳的「嘰——嘰」一聲，聲音裡混著煩躁不安和恫嚇，或落到西南方百公尺外的沙洲，或落到東北方長滿鹽定的淺沼。不用苦候，也不用逡巡，應接不暇的高蹺動作，令人頗為亢奮！

待定下心，步入乾燥的沙地，三隻小環頸鴴正要飛離泥黑的鹽陌。S提醒落地的高蹺是親鳥為了誘騙獵人離開，以保護雛鳥的擬傷行為。張開欲飛的翅膀像骨折，兩隻細腳卻是怎麼蹬也蹬不起來，反而隨時有跌倒的可能。一連串單音節的淒厲哀鳴，自張開的長長尖嘴發出。高蹺為我們示範了血緣之愛。經過勘察，陌上較高處、水門附近，會扎人的針仔草，都被蹂成一凹凹的軟草窩。沙灘散置許多燒酒螺螺殼。回到木麻黃處，高蹺即不再哀鳴。

六月夏雨來時，高蹺鴴棲息本地頓成了一片汪洋，自然難得見到高蹺。屬於高蹺鴴的四草雨季，畢竟還是自然力的問題。期待四草開發完成的眼神，卻是人力的問題。不知護雛心切的親鳥，度過自然的威脅後，能否遠離人力所帶來的溼地變革？

——原載於《聯合報》（1997.10.30）

山水踱步

西部河川帶下來大量泥沙，淤積於河口海岸，形成許多溼地，又由於溼地豐富的生態，成為許多水鳥的棲息地，其中最著名的是黑面琵鷺，牠們因為族群數量已經少到危險邊緣而備受矚目。

其實，我們的海岸溼地，還有許許多多讓人驚豔的水鳥種類。本篇選文即以其中名為高蹺鴴的水鳥為描寫主題。作者先將時間、舞臺地理位置及背景環境標示清楚，接著，寫到高蹺鴴一直被認為是來臺度冬的冬候鳥，但於一九九四年有了突破，被當地鳥會發現鳥巢，並記錄到新生雛鳥，有些高蹺鴴跟我們一樣，以這海島為家。「牠們總是一身白衣，披著黑色小外套，穿上粉紅細長靴，慢條斯理地踏行覓食，或是獨腳休憩於水渚，完全小家碧玉的長腿姊姊模樣。」這是對高蹺鴴的形態及行為描寫。

文章動人之處在於作者融入對高蹺鴴的情感，看著牠們、關心牠們、擔心牠們：「工業區……整地後，見到牠們的機率，就愈來愈少了」、「梅雨來時，高蹺不知道躲到……哪兒去了；難忘高蹺身影……」、「不知護雛心切的親鳥，度過自然的威脅後，能否遠離人力所帶來的溼地變革？」

海・寓言

瀲灩的海上，人魚翻飛騰躍，謳歌用千萬年釀成的美意。不料，一種叫作「貪念」的毒素滲入，不過須臾，揉成海洋墳場，人魚停止歌唱。海神的復仇掀濤大浪滾捲而至，咆哮著：哪能容你玷汙我的場域！

海

失控的寶島曼波

廖律清

一提到屏東東港，人們會想到黑鮪魚；一提到宜蘭南方澳，會想到鯖魚；提到臺東成功，則想到旗魚。曾幾何時，曼波魚成了花蓮的代表。然而，和去年此季相比，花蓮沿海作業漁船徒手鏢刺曼波魚的漁獲量明顯減少了。當然未經科學研究的數據證明前，我們僅能臆測：可能是氣候變遷影響，魚群洄游的狀況有所改變；可能是多數魚兒已經被漁民的罟仔（漁網）抓走；也可能有更多魚兒是「自己」游進定置漁場那條迷「網」的不歸路。

花蓮的冬、春時節，討海人會在起東北季風的日子裡出海鏢丁挽（白肉旗魚），在鋒面減弱的晴朗日子出海去鏢曼波。鏢刺漁法的困難度非常高，雖然對海洋生態最為友善，可是如今能站上鏢臺的鏢手已青黃不接，後繼恐無人，再加上此漁法必須仰賴海人銳利的眼睛以及對海洋豐富的經驗，知道要配合當日水流情況，先把漁船盡量開往哪一水域，比較容易看見目標魚種出現，才有機會擲出鏢槍。

至於用罖仔，曼波魚有專屬的「鐵魚罖」，網目較大，專為纏住體型龐大的曼波而設計。使用罖仔漁法的漁船，有些用掃的，有些用拖的，無論是不是目標魚種都可能被掃進網裡、拖進網中，雖然比較符合漁民的經濟效益，可是長遠下來卻對海洋資源的殺傷性頗大。而定置漁場呢？說是守株待兔，看似溫和親魚又親民，不過跟著洋流游動的魚群，很可能就在沒有選擇的情形之下，被水流帶進網中「魚命」嗚呼，倘若定置漁場設置的位置和數量管理失當，也可能對沿海漁業資源造成隱性的傷害。

可憐曼波魚，漁民為了生計，三種漁法都想要牠。

從翻車到跳曼波

曼波魚有很多可愛的魚名字，比較海味的像是耳熟能詳的「翻車魚」，因為曼波魚會翻躺在水面作日光浴，側身一片好像「翻車」了。或叫「鐵魚」，並不是牠有啥鐵皮硬身，而是曼波魚喜歡吃水母，水母稱「蜇」，「蜇」的臺語發音ㄊㄟ似「鐵」。也叫「魚過」，因曼波的魚形似一般魚體斷了後尾部半截，討海人叫牠們「魚截」（「截」的臺語發音

ㄍㄨㄟˋ似「過」）。老外呢，英美地區稱海洋太陽魚（Ocean Sunfish）、法國人西班牙人稱月魚，浪漫多些，但海味就少了。

至於為何叫牠們作曼波？這全拜二〇〇二年花蓮漁業單位之所賜。眼看黑鮪魚讓東港紅過半邊天，花蓮也想仿傚「某某魚季」來推廣觀光產業，於是舉辦了一場「翻車魚盛宴」的活動，卻嫌「翻車」之名太不吉利，所以再舉辦一場「為翻車魚更名、徵名」的活動，而「曼波」之名高票當選。

其實曼波魚俗稱翻車魨，屬輻鰭魚綱魨形目翻車魨科翻車魨屬，是大洋性大型魚類，分布在全世界熱帶和溫帶海域。曼波魚的頭小、眼大、嘴小而始終嘟嘴而笑，外觀呈橢圓扁平狀，兩側肥厚，沒有腹鰭，尾鰭短而無尾柄，但背鰭和臀鰭十分發達。看牠們在海中就用背鰭和臀鰭的擺動悠緩前進，倒也頗有跳曼波舞的趣味。

超會生的海洋活化石

這群在海洋生態上屬於活化石等級的曼波魚隨黑潮來到花蓮沿海，又跟著近岸湧升流浮出水面。曼波魚特愛七星潭海灣，在這裡的捕獲紀錄相當豐盛。幾次隨著鏢魚船出海鏢曼波的經驗，卻發現牠們是慵懶笨拙，但沒有傳說中那般喜歡晒太陽，經常作業船隻巡海巡了大半天，一尾曼波都不見；也曾經在雨天裡，漁船倒是鏢了好幾尾曼波回港，因為曼波主要是流水漲退消長的原因，才會被動式地浮起來。

曼波魚除了魚皮較為粗厚，渾身魚肉軟骨白皙柔嫩，沒有硬骨頭。牠們笨笨的，不大會游泳，除了人類，還可能被海洋中其他肉食性魚類和海獸吃掉。大概因為如此，老天爺讓曼波魚具有強大的生殖力，一尾雌曼波一次可產三億個卵，在海洋中堪稱最會生產的魚類，但悲哀的是，這些魚卵存活的機率只有百萬分之一。

名產光環，不等於安身立命

以前的人吃曼波魚嗎？在相關單位把曼波捧成花蓮魚明星之前，笨得可愛的曼波在漁市裡、餐桌上總乏人問津。如今，因為相關單位炒作成功，曼波魚和麻糬一樣成了花蓮名產，像似不吃不可，然麻糬是花蓮製造生產的食品，曼波魚不是。因為也沒啥其他大魚可以抓，漁民為了生計，曼波成了救星。有討海人說，你不放囝仔，什麼都沒有，現在丁挽也沒得鏢了，如果能鏢幾尾曼波，這年才過得下去呀。

又是兩難。

雖然曼波魚還不是保育類動物，目前也沒有數量匱乏的直接證據，然而相關單位與其把創意用在舉辦口腹之欲的活動，不如想想要怎麼管理曼波魚的捕抓數量和方式。真的能幫助漁民生計的政策不是老叫漁民在陸地上休息，而是讓他們出海有魚可以抓，讓他們辛苦抓回來的漁獲可以得到合理的價錢，而生態資源如何妥善利用，是需要專業研究與落實管束的。否則，再怎麼會生的曼波魚，還是難逃被亂吃到沒得吃的宿命。

——摘錄自〈失控的寶島曼波〉（黑潮海洋文教基金會電子報，2012.12.21）

山水渡步

海床有深有淺，海域環境錯綜複雜，加上多股海流交互作用，魚類資源先天富饒，臺灣漁業因而十分發達。

作者從各縣市魚季活動談起，黑鮪魚、鯖魚、旗魚，談到幾乎成為花蓮代表的曼波魚。臺灣魚季活動往往以低層次的海鮮吃食為主，缺乏更進一步的內涵，魚季活動若辦得成功，通常就是該魚種遭殃的開始。俗稱曼波魚的翻車魨，經幾次魚季活動炒作後，難逃被大量捕撈的命運。

作者相當了解漁業，詳細介紹曼波魚的三種漁撈法，順勢點出了臺灣漁業的根本問題——高效率捕撈造成的過漁（過度捕撈）現象，魚愈抓愈小，愈抓愈少。

文章中對於曼波魚的形體及其生態習性的描寫，以及曼波魚多種俗名的由來，作者進一步點出，臺灣「只負責吃，什麼都不管」的食魚態度。魚類提供給我們的當然不只是滿足腸胃需求而已，作者批判的其實是臺灣「吃到只剩下海鮮文化」的食魚態度。難得的是，作者並不作直接強烈地批判，多處置入漁民觀點以及生態觀點的對比，讓文章更具生態說服力。

珊瑚戀

杜虹

農曆三月，月圓前一天，臺灣南端的海水平靜無浪。如此平靜的海洋，卻掀起我們心底無限期待的波瀾。等待很久了，一直在等待一場海面之下的無聲動盪。

水中非常安靜。各式海藻、珊瑚、海膽、旋毛管蟲、熱帶魚群及鮮豔蝦貝深淺羅列，令人眼花撩亂又無限雀喜。海中不能言語，喜悅常令胸口滿脹。負責海域監測的同事們例行性記錄著這片珊瑚海洋的透明度、沉積物沉降速率、溫度、珊瑚的生長及白化現象。我沒有工作的牽繫，優游海中是唯一的目的。

海裡雖然寧靜，卻充滿某種與平日不同的氣息，是生命在蠢蠢欲動？每年農曆三月月圓後一星期左右，這片海域的珊瑚便要進行一年一度的集體產卵，快是時候了。這次入海，便是禁不住心底的期待而先來探看。因為那股無處不在卻又看不見的氣息，我們都盡可能不去碰觸那些色彩綺麗，或軟或硬的誘人珊瑚。生物在生殖期間，總是特別脆弱。

珊瑚白化並不等同於死亡，而是珊瑚與共生藻分離後的現象。各類珊瑚的顏色，多為共生藻所賦予，當環境不利於生存時，二者便分離。這樣的分離到底是共生藻棄珊瑚而去？或是珊瑚主動將生活於體內的共生藻排出？科學家尚未完全明白，對於海洋，人類還有太多未知的奧祕。我們可以明白的，是珊瑚白化代表著環境的惡化，也是珊瑚死亡的序曲。珊瑚的生存，需要適宜的溫度、光線、海流、底質及潔淨、沉積物少的水域，早期的臺灣南端正符合這些條件，珊瑚生長狀況良好。而這一、二十年來，海洋環境在改變，珊瑚的生長狀況也在改變，國家公園成立後，保育人員便得時時潛入海中，監測水面之下的生態環境。

對生長環境要求嚴格的珊瑚，是海域環境的指標，也是海洋生態的主角。它建構了多孔隙與洞穴的珊瑚礁環境，為海洋生物提供棲息與避敵的場所，生活在其中的生物種類龐雜。珊瑚礁生態系的多層次複雜空間、高生物量與生產量，都可比美孕育地球一半以上陸生物種的熱帶雨林，珊瑚海洋的繁麗繽紛，自可想像。

核電廠排放的熱廢水，是造成這片海域珊瑚白化的主因，尤其是天氣炎熱自然水溫升高時，這傾入海洋的廢熱，更成為水溫高出珊瑚所能忍受範圍的關鍵。為此，國家公園的保育人員一次次向電廠發出警告函，但電廠以所排放廢水合乎水汙染防治法之放流水標準為由，始終不予理會。二個單位甚至在電視上公開辯論，一方堅持於法可容，一方在意珊瑚已經白化，雙方弄得有些尷尬，問題卻絲毫沒有解決。核三廠既未違法，保育單位當然不能予以告發，但珊瑚白化的問題事實上卻一直存在，我們的法律，保障不了重要的珊瑚資源。一度，珊瑚白化成為媒體爭相報導的熱門事件，但熱潮過後，珊瑚白化現象依然持續。不論有意或無意，新聞，終歸會被遺忘。

根據近期的海域監測紀錄，沉積物對珊瑚所造成的威脅，已經凌駕熱廢水。海洋是萬流聚匯之所，海域沉積物當然源自陸地，綠地山林的濫墾濫伐，間接對珊瑚造成了嚴重的傷害。

連續幾天，夜裡都有同事在海底，我總能等到珊瑚的最新消息。而這一、二年來，傳播媒體對南灣珊瑚產卵表現出極度的關切，保育人員卻因此陷入兩難的局面：藉珊瑚產卵事件的宣揚，也許能喚起民眾對海洋汙染與保育的注意；但這項消息的發布，若引來大批夜潛者，除了夜間潛水的高危險度考量外，更令人憂心不知遊戲規則或不遵守遊戲規則的民眾，可能為珊瑚帶來的干擾。

月圓後第七天，我決定且被允許探訪夜間的珊瑚海洋。

八時過後來到海邊，海面上已經漂浮著大量的珊瑚卵囊。興奮難掩地潛入水中，旋即被無數橙紅色的珊瑚卵囊包圍。手電筒的光束中，粒粒卵囊反光發亮，不斷由海底向海面漂升，揮去還來，繁如宇宙星辰。一時失神，便彷彿進入神話世界，太空星群任由撥拂。

這無數卵囊產自腦紋珊瑚、菊珊瑚、圓菊珊瑚及軸孔珊瑚，大小一至四公釐不等。每一個卵囊內，都同時含有精子與卵子，但其中有化學訊息控制著卵囊內的精卵不致自相結合；這些美麗的卵囊需待浮上海面才會破裂，釋放精卵與其他配子結合；結合後的受精卵將隨波逐流漸發育成幼生，再經一段時間的漂浮後沉入水中著生。有性生殖的目的，無非藉基因交換獲得更能適應環境的後代，珊瑚可以行無性生殖，卻不厭其煩地堅持著一年一度的產卵儀式，不教自體精卵結合的用心實可理解，但籌畫得如此精密，仍教人不由得深深玩味：以無性生殖的方式快速膨脹族群陣營，再利用有性生殖的基因交換及飄浮著生得到更佳的後代及更大的生存空間，珊瑚的生殖手段堪稱無懈可擊。

這夜產卵的珊瑚深淺都有，不同種屬的珊瑚以不同的節奏排放卵囊，有些種類如燃爆煙火般集體釋放；有些種類一波波間放間歇；有些種類則一粒接一粒地吐出，連結如珠串漂升。被釋出的卵囊，都急著去尋找未知的另一半，完成生命所賦予的任務。身臨這幕氣勢磅礴的珊瑚之戀場景中，我不禁聯想陸地上植物，植物世界為使基因互換，也有許多防止自體受粉的設計，而風中的花粉，若看得分明，也當如水中漂卵般動人。水、陸二種迥異的生育環境，卻有著異曲同工的繁衍安排，生命何等奇妙，又何其單純！無論藉水或藉風，生命的飄流都攜帶著濃厚的希望。

來不及看清海面浮卵的去向，我便因恐懼而急忙回到同事們身邊，繼續在那澎湃的戀情中，扮演安分的觀眾。一眼望去，同事們都被珊瑚卵囊包裹，海水已映成粉紅顏色。啊！多美麗的海洋啊！我深深地吶喊，海底卻寧靜依舊。由衷希望，我們能一直擁有這樣的海洋，讓百年之後的臺灣子民，仍有機會如我今夜這般欣喜與感動。

——原載於《中國時報》（1996.10.03-04）

山水踱步

「等待一場海面之下的無聲動盪」，接著，「海裡雖然寧靜，卻充滿某種與平日不同的氣息」。先鋪場，帶點懸疑，然後公開謎底。每年農曆三月月圓後的七天裡，便是墾丁海域珊瑚集體產卵的日子。作者並未繼續加重期待一場盛宴的力度，潑冷水般，轉而寫到珊瑚白化問題、墾丁珊瑚面對核電廠熱汙染問題的無奈、以及岸上水土保持沒做好，讓雨後流入海域的沉積物大量增加，而覆蓋了珍貴的珊瑚礁等等嚴肅而沉重的話題。之間，當然得安排珊瑚礁在海洋生態上的價值等生態知識，這些比較沉重或比較不引人興趣的生態知識，被作者安排穿插在兩段如煙火爆發般的珊瑚集體產卵之間，除了有緩衝節奏的效果，也將屬性生硬但必要的珊瑚礁生態知識，恰如其分地融於文章裡。

本文的核心重點，自然是放在最後的集體產卵仿如大爆發的繽紛場景中，「有些種類如燃爆煙火般集體釋放，有些種類一波波間放間歇，有些種類則一粒接一粒地吐出，連結如珠串漂升」，「粒粒卵囊反光發亮，不斷由海底向海面漂升，揮去還來，繁如宇宙星辰。一時失神，便彷彿進入神話世界……」如此知性、感性複合呈現。

開放採捕珊瑚將大開保育倒車

邵廣昭

近日報載有立委為漁民陳情，要求政府為改善漁民生計，需全面檢討禁採珊瑚的政策，要求開放二百公尺以下的深海珊瑚漁業，十二浬外之採捕不應取締，以及准許漁船兼營方式登記作業，以因應不同漁訊季節之需求等等。消息傳來不禁令人驚嘆，原來我們海洋生態保育的觀念和水準實在是非常的落後。臺灣未來的漁業真不知要何去何從，如何才能永續發展？這其實已經不是第一次政府面對少數漁民及民意代表的壓力要求政府開放或解禁一些禁捕區、縮短禁漁期，限制不當漁具之使用，以及增加各項不合理之補貼等等不永續的作為。但如果大家都只為了這一代短期的暴利或近利而仍然竭澤而漁，摧毀生物多樣性及破壞生態系之平衡，絲毫不考慮將資源留給子孫後代長期永續之利用，這實在是不明智，不負責任，也愧對子孫的作法。

深海珊瑚雖然尚未被列入華盛頓公約的保育類名錄中，但利用大石塊、曳網、引網所組成的珊瑚漁具，利用大石敲斷珊瑚後，再利用引網纏繞上來部分的珊瑚個體或碎片的方法，可以想見對海底珊瑚礁棲地的破壞有多大，這和我們取締大陸漁民非法利用滾輪式底拖網侵入珊瑚礁硬拖的惡行沒有兩樣。水深五十公尺以內的淺海珊瑚礁是海裡的熱帶雨林，孕育的豐富物種是未來人類可利用的遺傳或基因資源的大寶庫，這些珊瑚礁更是推動潛水生態旅遊的珍貴自然遺產。但由於過度捕撈、汙染、沉積物、不當遊憩及全球暖化等因素，已使得全球珊瑚礁面臨白化及面積嚴重縮減。故全球優先將珊瑚礁劃入海洋保護區的範圍。

澳洲大堡礁更是將其大堡礁的核心區域由原先的百分之四面積擴大為百分之三十三。反觀臺灣的珊瑚礁保育推動卻十分困難，到珊瑚礁區旅遊的民眾還在大啖珊瑚礁魚類。現在是進海鮮店後連不吃到它都很難，這也是臺灣海底的景觀已大不如前，不但少見成群的魚，所有的大魚也都已消失無蹤的根本原因。

五十公尺以下的珊瑚礁區則因為距岸遠，故受到人為干擾和破壞的機會較小，還能有幸保存較完整的生物多樣性，也還有許多尚未被人類發現和命名的新種。根據最近美國進行人類首次潛入五十公尺以下到二百公尺珊瑚礁從事大深度潛水的探勘結果，平均每小時可發現七個世界新種的魚類，以此速率來估計，整個印度太平洋海域至少還有二、七〇〇種魚類待發現。

也因此這些深海珊瑚、海底山及熱泉等深海環境或是公海的海域，也正是國外正在積極推動劃設為海洋保護區的生態系。反觀臺灣雖然有幸擁有珊瑚礁及深海環境，卻未能善加珍惜與愛護，對海底山及深海珊瑚或熱泉、冷泉，更是未能有機會去進行調查。但大家對漁業資源之開發利用卻是唯恐落於人後，實在令人憂心。

根據國外專家的報告，深海珊瑚所孕育之生物之多樣性及特有性均甚高，它是許多深海經濟性魚蝦蟹貝類幼生重要的孵育場所。如果採捕深海貴重珊瑚，只為了滿足少數人居家生活裝飾用或婦女首飾用之愛慕虛榮，卻破壞了珍貴的珊瑚礁資源及成千上萬的海洋生物，實在是大開保育之倒車。

故臺灣的珊瑚漁業在民國六、七〇年代鼎盛，臺北縣市之珊瑚加工廠即多達一百五十多間，七〇年代產量每年更高達百噸以上，為臺灣賺取了不少外匯，但因深海珊瑚之漁場很少，且珊瑚成長甚慢，哪經得起如此密集的採集，因此臺灣附近之珊瑚漁場七十八年後很快即萎縮到只有幾噸。政府好不容易經過一段很長過渡期的緩衝，在禁發新執照後目前只剩幾艘領有執照的漁船在作業。卻未料到一些違規非法採撈珊瑚的漁船希望利用陳情與抗爭的手段，來達到迫使政府同意解禁的目的。這實在是大開保育的倒車。我們由衷希望政府主管單位能夠堅持為漁民長遠利益的的永續漁業為原則，全民也不要去購買任何珊瑚飾品，包括深海貴重珊瑚礁的飾品，沒有消費就不會有採捕的壓力。希望大家共同來努力，才能使臺灣的海洋文化從目前大家喜歡吃魚、釣魚、養魚的「海鮮文化」，或收集貝殼及購買珊瑚飾品的不當嗜好中改正過來。讓臺灣真正成為一個文明的海洋國家。

——選自〈開放採捕珊瑚將大開保育倒車〉（黑潮海洋文教基金會電子報，2008.06.21）

山水踱步

臺灣長久以來缺乏海洋教育，因而海洋自覺、海洋認識與海洋保育觀點並未深入或普及於海島社會。許多次了，當部分漁人抗議採捕受限而影響生計時，我們的媒體或民意代表並未研判漁人的意見是否符合環境倫理、環境正義，便附和漁民要求政府開放採捕限制，而政府更是失去其管理高度，好幾次幾近失守大開保育倒車，如過去部分漁民曾強烈要求開放海豚獵殺，以及本文所要討論的要求開放採捕深海寶石珊瑚事件。

作者以其專業指出，我們漁船「利用大石塊、曳網、引網所組成的珊瑚漁具，利用大石敲斷珊瑚後，再利用引網纏繞上來部分的珊瑚個體或碎片……」，這樣粗暴的採捕方法，將嚴重破壞深海珊瑚棲地，完全不符合資源永續使用的保育基本理念。

作者並引用深海研究資料批評：只為了珊瑚首飾而破壞珍貴的深海珊瑚資源，以及成千上萬海洋生物的棲地，實在是大開保育倒車。作者也呼籲全民：避免購買任何珊瑚飾品，並且提升海洋資源使用層次，讓臺灣有機會成為真正文明的海洋國家。

海豚往事

李錫文

似乎打從我學會記憶，我的腦海裡就經常有海豚洄游的蹤跡。那光潔灰亮的背鰭像極了神奇的拆信刀，揭示著無數彷彿從遙遠的天涯海角帶來的訊息，訴說狂熱的驚嘆、謎般的夢幻以及淒美的苦難。而我始終不明白，這個孕育我的偏僻漁村，是否因緣聚足，才能擁有與海豚不可分割的得天獨厚。

照慣例每年冬盡之際，當東北季風顯露疲態，沉睡在多霧的破曉時分，海豚們會追食盛產的白腹鰆魚而來。儘管是關乎生存的狩獵航程，牠們仍然保持慣有的浪漫天性，時而糾纏在墨藍的潮浪裡，時而翻跳在蒼茫的舞臺上，那樣逍遙，那樣瀟脫。

然而，彌漫在海面上濃密的霧氣，雖然提供了最佳的掩護，卻也輕易潰散了牠們原本靈敏的警覺。當牠們從忘情中醒悟偏離航道的瞬間，也早已陷身海岸與離島環抱的內灣，闖入漁人銳利的目光裡。

片刻間對講機的召喚聲此起彼落。原打算返航的、還在專心作業中的、甚至停泊在港口裡的大小船隻，都十萬火急地蠢動起來，像驚見烽火臺揚升的狼煙，一致朝同個方位挺進，準備和海豚做一番周旋。

消息星火燎原般迅速傳遍全村，不論男女老幼，人人都懷抱著亢奮的心情進入備戰狀態。有些隨船出海圍捕，有些則不甘寂寞地在岸邊吶喊助陣，情況空前熱烈，直如瘋狂嘉年華一般。

隨著時間的流逝，海豚們徹底迷失在漸次縮小的大海上，嘈雜的馬達聲和漁人的喊嚷聲愈發貼近牠們。通往深洋水道已被綿長的魚網封鎖，進退失據的牠們不得不放棄困獸之鬥，任由漁船驅趕，緊挨著同伴的身軀，委頓且無奈地降服在漁港的掌心，把命運交給陌生的人類安排。

食物海豚

孩提時期我時常和鄰居的玩伴們，到村子西側的港灣看海豚。剛被馴服的海豚有些仍不死心地反覆巡游港灣出口邊緣，試圖尋隙逃脫；有些卻已奄奄一息，擱淺在混濁的水濱。我們常會佇立在水泥碼頭指點著海豚曼妙的泳姿，也常會奔過多礫石貝殼的沙灘，不顧已濺溼的衣褲，涉入淺水去親近海豚。直到大人用卡車將牠們一車車載往不知何處。

我從不好奇現場屠宰海豚的畫面是如何一番光景，也不想了解按照每戶男丁數來分享海豚肉的方式是否公平。記憶裡只有家家戶戶廚房鑽出的煙霾，那種非魚非獸、極其獨特的腥騷氣味，總令我嗅之色變、幾欲作嘔，彷彿逃竄到哪個角落，都無法躲過閉氣捏鼻之苦。

童年時期海豚和其他魚類一樣，是餐桌上的食物，甚至於充當耐久的乾糧，只是我的味覺和腸胃總無福消受。

後來我也知道，被卡車運走的海豚都破碎地陳列在市場的攤子上了。

商品海豚

不久，媒體的鏡頭瞄向純樸的小村，透過許多大眾傳播的報導，圍趕海豚已不再是村人們獨享的祕密。幸而這樣的轉變非但無樹大招風之害，反而為村人引來無限的商機。

來自臺灣、香港、新加坡和其他國家的商人，紛紛尾隨海豚之後造訪小村。他們總是站定碼頭高處，神態莊嚴而冷靜地物色著合適的海豚，然後悄聲和村長及幾位公推的代表洽談收購數目與價格。據我所知，由於村裡捕獲的海豚多半屬智慧極高的瓶鼻海豚。外型優美且易於訓練，所以頻受青睞。商人們把這美麗的藝品帶往各地，經專人調教後用以取悅遊客，賺取觀光收入。

海豚雖保全了生命，卻被迫犧牲自由，以換取村人們無所愧疚的利益分享。我曾經也滿足於這樣的快樂。

演藝海豚

由於不忍也不捨殘殺未被挑走卻仍存活的海豚，為了安置問題，代表們大費周章挨家挨戶徵收經費，數月間村西漁港邊的蓄養池竣工了，馬上也有幾尾海豚煞有介事的進駐。

村人們小心翼翼地照顧海豚，也步步為營地餵養著自私的夢想。可惜不知何故，幾尾海豚陸續猛撞池壁而死，碎裂了村人們貪婪的心；更離奇的是，事發後接連兩年海豚沒有光臨小村。海豚池既無用武之地，又缺失重重，終於慘遭廢棄的命運。

又隔一年，海豚突然改由村東海域，浩浩蕩蕩而來。措手不及的村人雖大張旗鼓，緊急聯合員貝島漁船左右夾擊，卻礙於惡劣的天候，加上港口出入水道又過度狹窄，終究功敗垂成。

藝高膽大的海豚群宛若訓練有素的高欄選手，飛躍過層層天羅地網突圍而去，圍觀在碼頭邊的村人，以及和風浪搏鬥整個上午、軟癱在甲板上的勇士，只能扼腕接受如此殘酷的事實，望洋興嘆！

唯一能稍減村人遺憾的是，有數尾脫隊的海豚落入港灣的巨嘴裡。村人們如獲至寶般把牠們圈養在港內一隅，為免重蹈覆轍，四周僅以柔軟的絲網圍住，海豚從此成村中的一員。

這一圍數年，海豚搖身一變為社區精神象徵，市區街道上更出現了海豚型態的創意路標。

在專人悉心照料下，日益茁壯的海豚無師自通，時時展現出表演的天分。無論水中翻滾、急停騰躍、激波逐浪……，精湛的演出和討喜的模樣霎時磁石般吸引了大批觀光客。碼頭邊蓋起收費票亭，旅遊指南上多了一個不可錯過的據點，村人們更學會慷慨地犒賞自己一份有限的金錢，和無限虛榮。

三年前清明前夕，多方爭取的海豚展覽館正積極趕工時，那幾尾海豚忽然不告而別，像狠心離家出走的孩予，留給村人的，是疑惑，是惋惜，更是無盡的懷念。當阿爸語重心長地告知我這個消息時，驚愕的我心中頓刻湧起一股想哭的一衝動，那是幾近於失去摯友的傷痛。

但我仍固執地相信，往事絕不會在淚水中模糊，每個熱愛海洋的村民，永永遠遠都將和海豚共同保有一個美好燦爛的故鄉。

——摘錄於《第三屆菊島文學獎得獎作品集》（澎湖縣政府，2000）

山水踱步

記得澎湖「沙港事件」嗎？這起圍捕並集體屠殺海豚的事件，被國際保育組織偷偷拍下並在國外公布，讓臺灣在國際保育壓力下，受迫將鯨類動物列為保育類動物。這篇選文是事件村落的子弟所寫，珍貴地記錄了沙港事件前後他親身的經驗與所見所聞，並紀實村人跟海豚關係的一步步改變。

文章開始就是一段村人海上圍捕海豚的過程：一陣圍捕後，「通往深洋水道已被綿長的漁網封鎖，進退失據的牠們不得不放棄困獸之鬥，任由漁船驅趕，緊挨著同伴的身軀，委頓且無奈地降服在漁港的掌心，把命運交給陌生的人類安排。」海豚對村人來說曾經是尋常漁獲，是窮困年代老天賜予村人的年節賀禮。接著，海豚成為交易商品，吸引國外水族業者前來村子採購演藝用海豚。之後，「不知何故，幾尾海豚陸續猛撞池壁而死……更離奇的是，事發後接連兩年海豚沒有光臨小村。」最後，在一場失敗的圍捕中，幾隻脫隊的海豚落入港裡，村人打算以這幾隻海豚興建展覽館賺取觀光財，沒想到海豚在緊要關頭不告而別，留下這村子與海豚的最終關係。除了紀實，本文提供了讓人深刻省思的機會。

國家圖書館出版品預行編目資料

地球的心跳——自然生態散文集 / 廖鴻基主編.
-- 初版. - 台北市：幼獅, 2013.06
面； 公分. -- （散文館；4）

ISBN 978-957-574-908-8（平裝）

855　　102008724

・散文館004・

地球的心跳——自然生態散文集

主　　編＝廖鴻基
出 版 者＝幼獅文化事業股份有限公司
發 行 人＝李鍾桂
總 經 理＝王華金
總 編 輯＝劉淑華
編　　輯＝黃淨閔
美術編輯＝李祥銘
總 公 司＝(10045)台北市重慶南路1段66-1號3樓
電　　話＝(02)2311-2832
傳　　真＝(02)2311-5368
郵政劃撥＝00033368

門市
・松江展示中心：(10422)台北市松江路219號
電話：(02)2502-5858轉734　傳真：(02)2503-6601
・苗栗育達店：36143苗栗縣造橋鄉談文村學府路168號（育達商業科技大學內）
電話：(037)652-191　傳真：(037)652-251

印　　刷＝祥新印刷股份有限公司
定　　價＝230元
港　　幣＝77元
初　　版＝2013.06
書　　號＝986252

幼獅樂讀網
http://www.youth.com.tw
e-mail:customer@youth.com.tw

行政院新聞局核准登記證局版台業字第0143號

幼獅文化公司／讀者服務卡／

感謝您購買幼獅公司出版的好書！
為提升服務品質與出版更優質的圖書，敬請撥冗填寫後（免貼郵票）擲寄本公司，或傳真（傳真電話02-23115368），我們將參考您的意見、分享您的觀點，出版更多的好書。並不定期提供您相關書訊、活動、特惠專案等。謝謝！

基本資料

姓名：……………………先生／小姐

婚姻狀況：□已婚 □未婚　職業：□學生 □公教 □上班族 □家管 □其他

出生：民國……………年……………月……………日

電話：（公）……………（宅）……………（手機）……………

e-mail：……………………

聯絡地址：……………………

1.您所購買的書名：**地球的心跳——自然生態散文集**

2.您通常以何種方式購書?：□1.書店買書 □2.網路購書 □3.傳真訂購 □4.郵局劃撥
（可複選）□5.幼獅門市 □6.團體訂購 □7.其他

3.您是否曾買過幼獅其他出版品：□是，□1.圖書 □2.幼獅文藝 □3.幼獅少年
□否

4.您從何處得知本書訊息：□1.師長介紹 □2.朋友介紹 □3.幼獅少年雜誌
（可複選）□4.幼獅文藝雜誌 □5.報章雜誌書評介紹……………報
□6.DM傳單、海報 □7.書店 □8.廣播(　　　　　　)
□9.電子報、edm □10.其他……………

5.您喜歡本書的原因：□1.作者 □2.書名 □3.內容 □4.封面設計 □5.其他

6.您不喜歡本書的原因：□1.作者 □2.書名 □3.內容 □4.封面設計 □5.其他

7.您希望得知的出版訊息：□1.青少年讀物 □2.兒童讀物 □3.親子叢書
□4.教師充電系列 □5.其他

8.您覺得本書的價格：□1.偏高 □2.合理 □3.偏低

9.讀完本書後您覺得：□1.很有收穫 □2.有收穫 □3.收穫不多 □4.沒收穫

10.敬請推薦親友，共同加入我們的閱讀計畫，我們將適時寄送相關書訊，以豐富書香與心靈的空間：

(1)姓名……………e-mail……………電話……………

(2)姓名……………e-mail……………電話……………

(3)姓名……………e-mail……………電話……………

11.您對本書或本公司的建議：

廣　告　回　信
台北郵局登記證
台北廣字第942號

請直接投郵　免貼郵票

10045　台北市重慶南路一段66-1號3樓

幼獅文化事業股份有限公司

請沿虛線對折寄回

客服專線：02-23112832分機208　傳真：02-23115368

e-mail：customer@youth.com.tw

幼獅樂讀網http：//www.youth.com.tw